L'Essentiel de la
grammaire française
Deuxième édition

TRAVAUX PRATIQUES

Deuxième édition

LÉON-FRANÇOIS HOFFMANN

CHARLES SCRIBNER'S SONS • NEW YORK

Printed in the United States of America
Library of Congress Catalog
Card Number 73-8687
SBN 684-13577-9 (paper)

PREMIÈRE LEÇON : P a r t i e A

I. Revoir le présent de l'indicatif, l'impératif et les futurs des verbes irréguliers.

II. Remplacer le verbe entre parenthèses par la forme correspondante de la locution *être en train de + infinitif*:

Exemple: Quand je suis entré, elle (jouait) *était en train de jouer* du piano.

1. Je ne peux pas déranger Monsieur le directeur, il (fait) _est en train de_ _____ _faire_ la sieste.

2. Le chef d'orchestre est entré pendant que les musiciens (accordaient) _étaient_ _en train d'accorder_ leurs instruments.

3. Si vous aviez pris la carte routière, nous (ne tournerions pas) _ne serions pas_ _en train de tourner_ en rond.

4. Demain à cette heure-ci nous (survolerons) _serons en train de_ _survoler_ l'Atlantique.

5. Prends ton imperméable, il (pleut) _est en train de pleuvoir_

6. Chaque fois que je la rencontrais, elle (fumait) _était en train de fumer._

7. L'affiche représente un boxeur qui (met) _est en train de mettre_ _____ son adversaire knock-out.

---

déranger: to disturb
accorder: to tune
la carte routière: the road map
tourner en rond: to go around in circles
survoler: to fly over
une affiche: a poster

8. Ce que je (te dis) _suis en train de te dire_ , ne le répète à

personne.

9. Pendant que l'on découvrait le crime, le criminel (passait) _était en train de_

passer la frontière.

10. Ma chérie, j'espère que dans une heure tu (ne te maquilleras plus) _ne seras plus_

en train de te maquiller.

III. Trouver deux autres façons de dire (oral):

1. Il y a longtemps qu'il t'aime sans oser te le dire.
2. Voici trois quarts d'heure que je suis arrivé.
3. Voilà plus d'une heure que ce chien aboie.
4. Depuis quand êtes-vous membre du parti républicain?
5. Il pleut depuis une demi-heure.
6. Combien de temps y a-t-il que les musiciens accordent leurs instruments?
7. Il voyage depuis une semaine.
8. Depuis combien de temps êtes-vous chauffeur de taxi?
9. Il y a cinq ans qu'il est marié.
10. Cela fait combien de temps que nous tournons en rond?

---

se maquiller: to make up (one's face)

oser: to dare
aboyer: to bark

IV. Répondre aux questions suivantes par des phrases complètes:

1. Combien de temps y a-t-il que Christophe Colomb a débarqué en Amérique?_____

    _____

    _____

2. Depuis quand les États-Unis ne sont-ils plus une colonie britannique? _____

    _____

3. Cela fait combien de temps que vous n'êtes pas allé au théâtre? _____

    _____

4. Depuis combien de temps le parti communiste est-il au pouvoir en Russie? _____

    _____

    _____

5. Pendant combien de temps dure une campagne électorale aux États-Unis? _____

    _____

durer: to last

NOM DE L'ÉLÈVE _____ PROFESSEUR _____

V. Mettre le verbe entre parenthèses à la forme qui convient:

1. Je (venir)_viendrai___ vous rendre visite si vous m'invitez.

2. Si l'opération réussit, le malade (vivre)_vivra___; si non, il (mourir) _mourira_

3. Il sera furieux si tu le (déranger)_déranges___ .

4. S'il (aboyer)_aboye_____ donnez-lui un os.

5. Si tu (envoyer)_envoies___ cette lettre tout de suite, elle (arriver) _arrivera_

    _____demain matin.

6. Le concert de demain (durer) _durera__ longtemps si l'on joue tout le programme.

7. Si tu le rencontres, tu (voir)_verras_____ comme il a vieilli.

8. Je ne (savoir)_sais_____ pas s'ils oseront dire ce qu'ils en pensent.

9. Si vous êtes libre demain, nous (aller)_irons_____ à un concert de jazz.

10. Si vous ne (partir)_partez_____ pas tout de suite vous le regretterez.

---

réussir: to succeed

un os: a bone

vieillir: to grow old, to age

VI. Remplacer la forme verbale soulignée par a.) l'impératif; b.) le futur employé comme impératif; c.) *aller* + *infinitif* employé comme futur:

Exemple: Vous mettez votre chapeau.
   a. Mettez votre chapeau.
   b. Vous mettrez votre chapeau.
   c. Vous allez mettre votre chapeau.

1. Tu prends ton imperméable.

   a. _Prend_____ ton imperméable.

   b. _Tu prendras_____ ton imperméable.

   c. _Tu vas prendre_____ ton imperméable.

2. Vous vous maquillez rapidement.

   a. _maquillez-vous_____ rapidement.

   b. _vous vous maquillerez_____ rapidement.

   c. _vous allez vous maquiller_____ rapidement.

3. J'ai le courage necessaire.

   a. _Que j'aie_____ le courage nécessaire.

   b. _J'aurai_____ le courage nécessaire.

   c. _Je vais avoir_____ le courage nécessaire.

4. Tu es aussi patient que ta femme.

   a. _Aie_____ aussi patient que ta femme.

   b. _Tu auras_____ aussi patient que ta femme.

   c. _Tu vas avoir_____ aussi patient que ta femme.

5. Il va rendre visite aux Dubois.

   a. _Qu'il aille_____ rendre visite aux Dubois.

   b. _Il ira_____ rendre visite aux Dubois.

c. _Il va aller_ rendre visite aux Dubois.

6. <u>Nous jouons</u> un quatuor de Bartok.

   a. _Jouons_ un quatuor de Bartok.

   b. _Nous jouerons_ un quatuor de Bartok.

   c. _Nous allons jouer_ un quatuor de Bartok.

7. <u>Vous leur dites</u> bonjour de ma part.

   a. _Dites-leur_ bonjour de ma part.

   b. _Vous leur direz_ bonjour de ma part.

   c. _Vous allez leur dire_ bonjour de ma part.

8. <u>Ils obéissent</u> sans discuter.

   a. _Qu'ils obéissent_ sans discuter.

   b. _Ils obéiront_ sans discuter.

   c. _Ils vont obéir_ sans discuter.

9. <u>Vous survolez</u> les positions ennemies.

   a. _Survolez_ les positions ennemies.

   b. _Vous survolerez_ les positions ennemies.

   c. _Vous allez survoler_ les positions ennemies.

10. <u>Elle emprunte</u> de l'argent à la banque.

   a. _Qu'elle emprunte_ de l'argent à la banque.

   b. _Elle empruntera_ de l'argent à la banque.

   c. _Elle va emprunter_ de l'argent à la banque.

---

le quatuor: the quartet
de ma (ta, sa, etc.) part: for me (you, him, etc.)
discuter: to argue; to discuss
emprunter: to borrow

VII. Mettre les verbes entre parenthèses au futur antérieur:

1. Je crois qu'à la fin de la course notre champion (battre) _aura battu_____

le record du monde; tous les autres coureurs (rester) _seront restés____ loin

en arrière: espérons qu'ils (ne pas être) _n'auront pas été__ trop déçus.

2. Demain à cette heure-ci nous (arriver) _serons arrivés____ à Londres,

nous (rencontrer) _aurons rencontré_ vos amis et nous leur (dire) _____

_aurons dit_____ bonjour de votre part.

3. Dans un siècle, tous ces problèmes (disparaître) _auront disparu___: on

leur (trouver) _aura trouvé_____ une solution et ils (être) _auront__

_____été_____ oubliés.

---

la course: the race
le coureur: the runner
décevoir: to disappoint

VIII. Traduire en français:

    1.   We don't know whether illiteracy is disappearing in Europe._____

_____

_____

    2.   As soon as you have arrived, we'll have dinner. _____

_____

    3.   Send (*fam.*) some flowers; send a dozen._____

_____

    4.   He knows that you are disappointed, and he has known it for a long time. _____

_____

    5.   If you stay behind, you will be late. _____

_____

    6.   They have been building a new school since last year._____

_____

_____

    7.   How long has the trade union been on strike? _____

_____

_____

    8.   If they ask permission, let them write their paper in English. _____

_____

_____

---

illiteracy: *l'analphabétisme (m.)*
disappointed: *déçu*
behind: *en arrière*
to build: *construire*
the trade union: *le syndicat*
to be on strike: *faire grève, être en grève*

9. Please believe, Dear Mr. Colin, in the expression of my very distinguished sentiments [*formal letter ending*] . _____

_____

10. He is supposed to leave tomorrow, but who knows if he will have received his passport.

_____

_____

11. As long as there are slums in our city, our association will continue to protest. _____

_____

_____

_____

12. Everyone hopes that tomorrow the situation will no longer be desperate. _____

_____

_____

EXERCICES SUPPLÉMENTAIRES

1. Faire des phrases en employant le présent de l'indicatif:
   a. pour indiquer une action commencée dans le passé, mais qui continue dans le presént;
   b. familièrement, au lieu du passé ou du futur;
   c. après *si* conditionnel.
2. Faire des phrases en employant l'impératif des verbes *savoir, aller, avoir, être* et *vouloir*.

---

the slums: *les taudis (m.)*

PREMIÈRE LEÇON : P a r t i e B

I. Revoir les conditionnels des verbes irréguliers.

II. Mettre le verbe entre parenthèses au temps qui convient:

1. Si les hommes étaient plus intelligents, il y (avoir) _aurait_____ moins de

   guerres.

2. Si les hommes (être) _étaient_____ moins bêtes, il y aurait plus de mariages

   heureux.

3. Vous (venir)_viendriez____ avec nous, si vous saviez où nous allions.

4. Vous (venir) _seriez venus___ avec nous, si vous aviez su où nous allions.

5. Vous viendriez avec nous, si vous n' (être) _étiez____ pas si têtu.

6. Si nous commencions tout de suite, nous (finir) _finirions___ plus vite.

7. Si nous (commencer) _commencions__ à nous plaindre, nous ne finirions

   jamais.

8. Si nous (commencer) _avions commencé à fumer, nous n'aurions pas pu

   nous arrêter.

9. D'après l'agence France-Presse, la Faculté de médecine (décider) _a décidé___

   _____de créer une chaire d'acuponcture.

10. Si tu prends la carte, nous ne (tourner) _tournerons____ pas en rond.

11. Prends la carte: nous ne (tourner) _tournerons___ pas en rond.

---

bête: stupid
têtu: stubborn
se plaindre: to complain

12. Si tu regardais la carte, nous ne (tourner) _tournerions_____ pas en rond.

13. Si tu (prendre)_avais pris___ la carte, nous n'aurions pas tourné en rond.

14. Le député de la Seine-Maritime a préparé un projet de loi au cas où l'Assemblée

    (accepter) _accepterait___ de discuter la question.

15. Au cas où il y (avoir) _aurait___ une grève des transports, je vous conduirai en

    voiture.

16. Si nous (être) _étions____ plus riches, nous (aller) _irions____ en vacances

    au Brésil, mais comme nous sommes pauvres, nous (rester) _resterons___ chez

    nous.

17. La situation (empirer) _empire_____, d'après les journaux.

18. Si tu savais combien je t'aime, tu m'(épouser) _épouserais__.

19. Au cas où il y (avoir) _aurait_____ une grève des transports, j'avais loué une

    voiture.

20. Si je (savoir) _savais_____ que tu étais si têtue, je ne t'aurais jamais épousée.

21. Selon eux, l'examen de la semaine dernière (être) _était_____ annulé.

22. Camus (recevoir) _aurait reçu_____ le prix Nobel s'il n'avait pas

    écrit L'Étranger?

---

le projet de loi: the bill
au cas où: in the event that, in case
la grève: the strike
empirer: to get worse, to deteriorate
d'après: according to
louer: to rent
annuler: to cancel

23. Si Camus n'avait pas reçu le prix Nobel, (lire) __lirait__ -on ses romans dans

toutes les écoles?

24. Moi, j'en doute, mais d'après les psychiatres, les psychoses (s'expliquer) s'expliquent

_____ par les traumatismes de l'enfance.

25. Si vous aviez voulu m'aider, tout (être) aurait été plus facile.

III. Remplacer le verbe entre parenthèses par le conditionnel de politesse:

1. (Tu dois) _Tu aurais dû_ être moins paresseux.

2. (Voulez-vous) _Auriez-vous voulu_ me rendre service?

3. (Puis-je) _Aie-je pu_ entrer?

4. (Elle préfère) _Elle aurait préféré_ que vous ne sortiez pas si souvent avec sa fille.

5. (Pouvez-vous) _Auriez-vous pu_ me louer votre appartement?

6. (Je ne veux pas) _Je n'aurais pas voulu_ vous déranger.

7. (Prendrez-vous) _Auriez-vous pris_ un verre avec nous?

8. Madame la Présidente, (accepter) _aurait accepté_ de me donner la parole?

9. (Il faut) _Il aurait fallu_ que vous arrêtiez de vous plaindre.

10. (Pouvons-nous) _Aurions-nous pu_ savoir ce que vous désirez?

11. Le trésorier (veut) _aurait voulu_ vous demander votre avis.

12. (Savez-vous) _Auriez-vous su_ où est la gare Saint-Lazare?

13. (Je veux) _J'aurais voulu_ voir le Commissaire de Police, s'il vous plaît.

---

paresseux: lazy
rendre service à quelqu'un: to do someone a favor
prendre un verre: to have a drink
donner la parole: to give the floor
un avis: an opinion

NOM DE L'ÉLÈVE _____ PROFESSEUR _____

IV. Mettre le verbe entre parenthèses à la forme qui convient:

1. Ils le (faire) *feraient* s'ils le pouvaient.

2. Je l'aurais fait si je (pouvoir) *avais pu* .

3. Mon vieux, si je me trompe, (dire) *dis* -le-moi.

4. Si Vladimir Horowitz joue mercredi, nous (aller) *irons* l'écouter.

5. Si la chorale chantait du Bach, nous (aller) *irions* au concert.

6. Si j'avais su qu'il y avait une piscine dans cet hôtel, j'(apporter) *aurais* _____ *apporté* mon maillot.

7. Nous lui donnerons la parole s'il nous la (demander) *demandons* .

8. S'il (faire) *avait fait* beau, nous serions sortis.

9. Si l'équipe de France (s'entraîner) *s'était entraînées* , elle n'aurait pas perdu le match.

10. (Se dépêcher) *Dépêchez-vous* si vous voulez voir cette émission.

11. Si nous (être) *avions été* consultés, nous aurions donné notre avis.

12. Si tu (hésiter) *hésites* encore, décide-toi!

13. Elles auraient été acquittées si elles (ne pas avoir) *n'avaient pas eu* un avocat incompétent.

14. Va te coucher, si tu (avoir) *as* sommeil.

15. J'aurais été bien content si les socialistes (obtenir) *avaient obtenu* la majorité.

---

mon vieux: old man, buddy, pal
se tromper: to make a mistake, to be mistaken
la piscine: the swimming pool
le maillot: the bathing suit
une équipe: a team

s'entraîner: to train, to be in training
une émission (de radio, de télévision): a (radio, television) program
se décider: to make up one's mind

V.   Traduire en français:

1.   If he hadn't been given the floor, he would have complained._____

_____

_____

2.   The poets of the Renaissance would sometimes write sonnets in Latin._____

_____

_____

3.   The government promised that radio announcers would be able to speak freely._____

_____

_____

4.   In the event you make up your mind, let me know right away. _____

_____

_____

5.   If she had been lazy, she wouldn't have finished yet. _____

_____

_____

6.   No one told me that this young man was going to help me. _____

_____

_____

7.   If they had listened to us, they would have trained for the game. _____

_____

_____

---

the (radio) announcer: *le speaker, la speakerine*
to let someone know: *prévenir quelqu'un*
the game: *le match*

8. Every time the vice-president was given the floor, he would speak for hours. _____

_____

_____

9. Did you know that we were going to have a drink at Maxim's? _____

_____

_____

10. According to the radio, the prime minister has married a movie star. _____

_____

_____

11. Everything must be ready in case they should arrive earlier. _____

_____

_____

12. I would like to help you (*fam.*); perhaps you could tell me how? _____

_____

_____

13. They were offered ham, but they wouldn't have any because they were Muslims._____

_____

_____

_____

14. I would come with you, but I'm not invited. _____

_____

15. Could you cancel my plane ticket? _____

_____

---

the movie star: *la vedette de cinéma*
the ham: *le jambon*
the Muslim: *le musulman*
the (plane) ticket: *le billet (d'avion)*

EXERCICES SUPPLÉMENTAIRES

1. Faire des phrases en employant le présent du conditionnel pour indiquer:
   a. une action qui n'est pas possible dans le présent;
   b. une action soumise à une éventualité ou à un doute;
   c. une action possible dans le futur;
   d. un futur dans le passé;
   e. une affirmation sur laquelle il y a un doute;
   f. la politesse, avec les verbes *vouloir, pouvoir* et *devoir*.

2. Même exercice avec le passé du conditionnel.

NOM DE L'ÉLÈVE_____ PROFESSEUR_____

DEUXIÈME LEÇON : P a r t i e A

I.   Revoir l'imparfait de l'indicatif et le passé simple des verbes irréguliers.

II. Mettre le verbe entre parenthèses à l'imparfait:

1.   Quand la France déclara la guerre à l'Allemagne en 1940, elle (avoir) avait

une armée nombreuse, mais qui n'(être) était pas équipée d'armes modernes.

2.   Les soldats (croire) croyaient qu'ils (aller) allaient

attaquer, mais les officiers (estimer) estimaient qu'il (valoir) vallait mieux

attendre l'offensive ennemie.   3.   Ils (s'attendre) s'attendaient à une

victoire: ils (se tromper) se trompaient.   4.   La patrie (courir) courait

_____ un grave danger, et bien des Français (craindre) craignaient

l'aviation allemande, qui (être) était la plus puissante du monde.   5.   Le

président de la République (croire) croyait ce que ses ministres lui (dire) disaient

_____ , mais il (avoir) avait tort.

6.   Quand tu (être) étais étudiante, est-ce que tu (assister) assistais

à tous les cours?   7.   Est-ce que tu (participer) participais aux discussions que

le professeur (organiser) organisait après la classe, ou (préférer) _____

préférais -tu aller au Luxembourg lorsqu'il (faire) faisait beau et

au cinéma lorsqu'il (pleuvoir) pleuvait ?   8.   Il nous (sembler) semblait

que tu ne (prendre) prenais pas tes études très au sérieux: tout le monde (dire) disait

valoir mieux: to be better
s'attendre à: to expect
se tromper: to be mistaken
avoir tort: to be wrong
assister à quelque chose: to attend something
le Luxembourg: the Luxembourg garden in Paris

_____ que tu (aller) _allais_____ échouer . . . (avoir) _avaient-_

-ils raison?   9.   A cette époque, nous te (connaître) _connaissions____ à peine;

nous te (trouver) _trouvions___ sympathique, mais tu (avoir) _avais____ l'air si

timide que nous n'(oser) _osions__ pas te demander de sortir avec nous.

10.   Hier après dîner, je (lire) _lisais____ le journal, ma sœur (coudre) _cousait_,

mon père (finir) _finissait____ son café et mon frère (venir) _venait____ de

rentrer.   11.   Nous ne (savoir) _savions____ pas que vous (aller) _alliez___

venir nous voir, puisque vous ne nous (avoir) _aviez___ pas prévenus.   12.   En vous

voyant entrer, nous avons compris qu'il (falloir) _fallait_____ faire attention, car

vous (être) _étiez____ couvert de sueur et vos mains (trembler) _tremblaient__.

13.   Vous (avoir) _aviez___ l'air très inquiet.

échouer: to fail
avoir raison: to be right
à peine: hardly
avoir l'air: to look, to seem
venir de faire quelque chose: to have just done something

prévenir: to warn
faire attention: to be careful, to pay attention
la sueur: the sweat
inquiet: worried

III.   Dans les passages suivants, identifier le temps des verbes soulignés, et justifier leur emploi (oral):

[Il y a un an] nous courions, nous luttions ensemble. Je disputais à Pepita la plus belle pomme du pommier; je la frappais pour un nid d'oiseau. Elle pleurait; je disais: "C'est bien fait" et nous allions tous deux nous plaindre ensemble l'un de l'autre à nos mères, qui nous donnaient tort tout haut et raison tout bas.

—Victor Hugo

Un jeune homme traversait ... la Piazzetta à Venise. Ses habits étaient en désordre; sa toque, sur laquelle flottait une belle plume écarlate, était enfoncée sur ses oreilles. Il marchait à grands pas .... et son épée et son manteau traînaient derrière lui. .... Il s'arrêta et regarda autour de lui. Il regarda quelque temps l'horizon ... il s'enveloppa dans son manteau et poursuivit sa route en courant.

—Alfred de Musset

Je m'étais ... éloigné de la ville, la chaleur augmentait, et je me promenais ... le long d'un ruisseau. J'entends derrière moi des pas de chevaux et des voix de filles qui semblaient embarrassées, mais qui .... riaient. ... Je me retourne, on m'appelle par mon nom; j'approche, je trouve deux jeunes personnes .... qui .... ne savaient comment forcer leurs chevaux à passer le ruisseau.

—Jean-Jacques Rousseau

---

lutter: to wrestle, to fight

disputer quelque chose à quelqu'un: to contend with someone for something

le nid: the nest

c'est bien fait: suits you right

tout haut: aloud

tout bas: under one's breath

la toque: the cap

écarlate: scarlet

enfoncer: to cram

une épée: a sword

le ruisseau: the brook

IV. Dans les phrases conditionnelles suivantes, mettre le verbe entre parenthèses à la forme qui s'impose (revoir no. 6, Difficultés de traduction, pp. 10–12 dans *L'Essentiel*):

1. Vous serez déçu si vous (s'attendre) _vous attendez_____ à un miracle.

2. Je n' (aller) _irais_____ en France que si l'on me payait le voyage.

3. S'il y avait du danger, nous (faire) _ferions_____ attention.

4. Mettez un pull-over s'il (faire) _fait_____ froid.

5. Tu me préviendras si elle (avoir) _a_____ l'air fatigué.

6. Nous (être) _serions___ très surpris si vous aviez raison.

7. Même si mes amies (penser) _pensaient_____ le contraire, elles me diraient que mon mari est charmant.

8. Tu auras l'air ridicule si tu (mettre) _mets___ ce chapeau.

9. Même si vous (avoir) _aviez____ envie de le voir, vous auriez tort de lui téléphoner tout le temps.

10. Si tu (savoir) _savais_____ combien je t'aime!

---

déçu: disappointed

V. Mettre les verbes entre parenthèses au passé simple:

1. Molière (naître) _naquit_____ à Paris en 1622. 2. Il (faire) _fit_____

ses études dans la même ville et (obtenir) _obtint_____ sa licence en droit à vingt ans.

3. Il (se faire) _se fit_____ acteur et (parcourir) _parcourut____ toute la

France avec sa troupe. 4. Il (épouser) _épousa_____ une actrice, Armande Béjart,

mais (être) _fut____ toujours malheureux avec elle. 5. Les envieux l'(accuser)

_accusèrent_____ d'immoralité et (essayer) _essayèrent_____ de faire

interdire ses pièces, mais le roi Louis XIV le (protéger) _protégea___ et l'(inviter)

_invita_____ même à la cour de Versailles. 6. Il (fréquenter)

_fréquenta_____ tous les grands écrivains de son temps, et (mourir) _mourut._

en 1673.

---

la licence: an academic degree
le droit: the (study of) law
parcourir: to travel through
une troupe (de théâtre): a (theater) company
interdire: to forbid, to ban
fréquenter quelqu'un: to associate with someone

VI. Mettre le paragraphe suivant au passé, en remplaçant les verbes entre parenthèses par le passé simple ou par l'imparfait, selon le cas:

1. Le président (donne) _donna_ la parole au ministre de la justice. 2. Il (se lève) _se leva_ et (monte) _monta_ à la tribune. 3. C'(est) _était_ un homme grand et distingué, mais on (dit) _disait_ qu'il n'(est) _était_ guère compétent. 4. Moi, je (vois) _vis_ tout de suite qu'il ne (sait) _savait_ pas ce qu'il (va) _allait_ dire. 5. Il (paraît) _parut_ mal à l'aise et (regarde) _regarda_ autour de lui d'un air inquiet. 6. Quand il (commence) _commença_ à parler, les députés de l'opposition (se mettent) _se mirent_ à rire. 7. Le président (réclame) _réclama_ le silence et (menace) _menaça_ même de suspendre la séance. 8. En entendant cela, les députés conservateurs (se lèvent) _se levèrent_ et (applaudissent) _applaudirent_. 9. Le calme (revient) _revint_ peu à peu. 10. Le ministre (prétend) _prétendit_ que les accusations que la presse (porte) _portait_ contre la police (sont) _étaient_ injustes. 11. Il (déclare) _déclara_ qu'une enquête (va) _allait_ prouver l'innocence des policiers qu'on (soupçonne) _soupçonnait_. 12. Il (affirme) _affirma_ que les journalistes qui (réclament) _réclamaient_ sa démission (sont) _étaient_ payés par ses ennemis politiques. 13. En parlant, il (hésite) _hésita_ souvent et (semble) _semblait_ peu sûr de lui.

---

donner la parole à quelqu'un: to give someone the floor
la tribune: the podium
mal à l'aise: ill at ease
le député: the representative, the delegate
se mettre à: to start
réclamer: to demand

menacer: to threaten
la séance: the meeting, the session
prétendre: to claim
porter une accusation: to bring or to raise charges
une enquête: an investigation
soupçonner: to suspect
la démission: the resignation

14. L'opposition (veut) __voulut_____ sûrement lui poser des questions, mais le

président (décide) __décida___ qu'il (est) __fut_____ déjà tard, et (lève) __leva__

la séance.

VII. Dans le paragraphe suivant, mettre les verbes entre parenthèses au passé simple ou à l'imparfait, selon le sens (oral):

Madame Lebois sortit de la maison en courant; je (savoir) qu'elle (avoir) rendez-vous avec sa belle-mère, qui (devoir) arriver par le train de sept heures. Tout à coup, elle (glisser) et (tomber) par terre. Des passants (courir) vers elle et l'aidèrent à se relever. Un agent de police qui (faire) sa ronde s'approcha; il (appeler) une ambulance et (accompagner) Madame Lebois à l'hôpital. Pendant ce temps, la belle-mère, qui (attendre) depuis une heure, (avoir) faim et soif, mais ne (vouloir) pas quitter la gare avant l'arrivée de sa belle-fille. Elle (arriver) enfin, mais elle (marcher) avec une canne, car elle (se faire) mal à la jambe. Elle (raconter) sa mésaventure à sa parente, qui lui (offrir) son bras pour l'aider. Elles (prendre) un taxi qui (stationner) devant la gare. Le chauffeur (fumer) un gros cigare et (parler) sans arrêt. Quand le taxi (s'arrêter) devant la porte, je (demander) à Madame Lebois comment elle (se sentir). Elle me (répondre) qu'elle (se porter) à merveille, et (vouloir) même porter elle-même la valise de sa belle-mère du taxi à chez elle.

---

lever la séance: to adjourn the meeting
la belle-mère: the mother-in-law
glisser: to slip, to slide
le passant: the passer-by

la belle-fille: the daughter-in-law
le parent: the relative
stationner: to park (a car)
à merveille: excellently

VIII. Traduire en français:

1. When we were in France, we used to attend the performance of classical plays._____

    _____

    _____

2. If you were wrong, I would say: "Suits you right! "_____

    _____

    _____

3. If only I had paid attention!   _____

    _____

4. When the minister resigned, the press had been attacking him for weeks._____

    _____

    _____

5. She had just gotten her law degree, and the judge suspected she was too young to be a

    good lawyer. _____

    _____

    _____

    _____

6. When I was young, my parents used to worry because I looked too serious for my age.

    _____

    _____

    _____

the (stage) performance: *la représentation*

7. The poet Baudelaire was born in 1821. His father died when Baudelaire was six years old. _____

_____

8. When the theater company arrived in town, the ushers were on strike and the municipal theater was closed. _____

_____

_____

_____

EXERCICES SUPPLÉMENTAIRES

1. Faire des phrases en employant l'imparfait de l'indicatif:
   a. pour décrire une personne, une chose ou un fait tels qu'ils étaient dans le passé;
   b. pour exprimer une action habituelle dans le passé;
   c. pour décrire une action qui a déjà commencé et qui continue dans le passé;
   d. dans des phrases conditionnelles, en concordance avec un présent du conditionnel;
   e. après *si*, pour exprimer un désir.

2. Faire des phrases en employant le passé simple des verbes *avoir, être, aller, croire, devoir, écrire, faire, naître, mourir, pouvoir* et *savoir.*

an usher: *un ouvreur, une ouvreuse*
to be on strike: *faire grève, être en grève*

NOM DE L'ÉLÈVE _____ PROFESSEUR _____

DEUXIÈME LEÇON : P a r t i e B

I.   Revoir le participe passé des verbes irréguliers.

II. Remplacer le passé simple par le passé composé:

1.   Hector Berlioz (composa) _a composé_ des symphonies et des opéras.

2.   Elle (fit) _a fait_ ce qu'elle (put) _a pu_ .

3.   Richelieu (fut) _a été_ l'architecte de la monarchie absolue.

4.   Il (fallut) _a fallu_ cinq ans pour trouver la solution de ce problème.

5.   Adam (eut) _a eu_ tort de faire ce qu'Ève lui (conseilla) _a conseillé_

6.   Charles Dickens (naquit) _est naît_ en 1812 et (mourut) _est mort_ en 1870.

7.   L'équipe de Lyon (gagna) _a gagné_ la Coupe de France.

8.   Sous Louis XIV, beaucoup d'Huguenots (ne voulurent pas) _n'avaient pas voulu_ se convertir au catholicisme et (quittèrent) _ont quitté_ la France.

9.   Les Pharaons (firent) _ont fait_ construire les pyramides; des centaines de milliers d'esclaves (travaillèrent) _ont travaillé_ à leur construction.

10. Elle (alla) _est allée_ prier à la synagogue de la rue Legrand.

une équipe: a team
gagner: to win
la coupe: the cup

11. Jules César (déclara) _a déclaré_ : "Je (vins) _suis venu_, je (vis) _ai vu_, je (vainquis) _ai vaincu_."

12. Elles (se conduisirent) _se sont conduites_ comme des idiotes et (durent) _ont dû_ payer le prix de leur sottise.

se conduire: to behave
la sottise: the stupidity, the foolishness

III. Mettre le verbe entre parenthèses à la forme qui convient, en faisant l'élision du pronom si elle s'impose:

1. Au XIXème siècle, la France (bâtir) _bâtit_ un empire colonial; au XXème, ses colonies (devenir) _devinrent_ indépendantes.

2. Si seulement je (ne pas épouser) _n'avais pas épousé_ un homme si bête!

3. Entre 1940 et 1944, les Français (connaître) _connurent_ les horreurs du nazisme.

4. Si vous (arriver) _arrivez_ à Paris la semaine prochaine, vous pourrez assister au défilé du 14 juillet.

5. Ma femme me (dire) _m'a dit_ que vous aviez téléphoné.

6. On m'a fait savoir qu'elle (demander) _a demandé_ quand je rentrerais.

7. Quand les Aztecs avaient gagné une bataille, ils (sacrifier) _auraient sacrifié_ leurs prisonniers.

8. Chaque fois que je (être) _j'étais_ désobéissant, mes parents me punissaient.

9. Si les examens (ne pas être) _n'avaient pas été_ si faciles, je n'aurais jamais obtenu mon diplôme.

10. Lorsque Camus est mort, il (venir) _vint_ de recevoir le prix Nobel.

11. Elle (sortir) _était_ à peine _sortie_ que le téléphone a sonné.

12. Si notre équipe (jouer) _avait joué_ mieux hier!

13. Pendant six mois, je (faire) _j'ai fait_ un régime sévère.

---

le défilé: the parade

le régime: the diet; *faire* ou *suivre un régime*: to be on a diet

14. Vous auriez compris si vous (faire) _aviez fait_____ attention.

15. Cette semaine, ma cousine (recevoir) _a reçu__ trois demandes en mariage.

?16. Si Kennedy (ne pas être assassiné) _ne fut pas assasiné_____,

aurait-il fait un bon président?

17. Mozart (vivre) _vécut____ de 1756 à 1791.

18. Tu aurais pu voyager si tu (avoir) _avais eu____ de l'argent.

19. En arrivant, nous (être) _étions____ en sueur, parce que nous (courir) _avons
couru_ pour ne pas être en retard.

20. Nous (faire) _avons fait____ ce que nous (pouvoir) _avons pu___, mais
il nous ont dit que ce n'était pas suffisant.

21. Le jour où je (arriver) _suis arrivé_____ au Soudan, une épidémie de fièvre
jaune (se déclarer) _s'était déclarée____; heureusement que j' (avoir été)
_ai eu été____ vacciné avant de quitter Paris:

22. Croyez-vous que De Gaulle aurait été un grand leader s'il (vivre) _avait vécu__

au moyen âge?

23. Lorsque le professeur (finir) _finissait_____ ses cours, il offrait un verre à

ses élèves; ce (être) _c'était____ un brave type.

24. Si je (ne pas dire) _ne dis pas_____ tant de sottises! Il (devoir) ____
____doit_____ me prendre pour un imbécile.

25. L'enfant pleurait parce que son grand frère le (battre) _battait_____.
l'avait battu.

---

une épidémie se déclare: an epidemic breaks out
un brave type: a nice guy

IV. Mettre le verbe entre parenthèses à la forme qui convient:

1. A minuit, nous n'étions pas fatigués, car nous (faire) _____ la sieste

    après déjeuner.

2. Il a pu servir d'interprète, puisqu'il (étudier) _____ le russe dans sa

    jeunesse.

3. Il ne la connaissait pas, alors je lui ai appris la nouvelle que vous (m'annoncer)_____

    _____ la veille.

4. Comme le criminel (avouer) _____ le juge le condamna à un an

    de prison.

5. Elle (me promettre) _____ de faire un régime, mais deux

    jours plus tard je l'ai vue manger une énorme tarte à la crème.

6. Après qu'il (finir) _____ ses devoirs, il s'est reposé.

7. Lorsque l'actrice (apprendre) _____ qu'on avait donné le rôle à une

    autre, elle s'est mise à pleurer.

8. A peine la dame (voir) _____ le mendiant qu'elle lui a donné une

    aumône.

9. Aussitôt qu'elle (rentrer)_____ elle s'est mise à nettoyer la maison.

10. Nous venions de nous endormir lorsque vous (frapper)_____ à la

    porte.

---

la nouvelle: the news
la veille: the preceding day
avouer: to confess
le mendiant: the beggar
une aumône: alms, a few pennies
nettoyer: to clean up

V. Dans le passage suivant, identifier le temps des verbes soulignés, et justifier leur emploi (oral):

Ah, si j'avais su! Quelle peur j'ai eue! Quand vous aurez appris ce qui m'est arrivé, vous me plaindrez . . . ou peut-être penserez-vous que j'invente? Écoutez: j'avais pris l'avion à cinq heures, et je pensais atterrir à l'heure que la compagnie avait indiquée. Il me restait à peu près trois heures de vol. Tout à coup un passager s'est levé. Il tenait à la main une bouteille pleine d'un liquide incolore. Il a annoncé que c'était de la nitroglycérine et que si le pilote n'avait pas mis le cap sur la Suisse quand il aurait fini de compter jusqu'à vingt, il ferait sauter l'appareil. Tout le monde était terrorisé. J'avais entendu parler de pirates de l'air, mais qui aurait dit que j'en rencontrerais un face à face? Le pilote a obéi. Un silence de mort régnait. Une dame priait à voix basse. Moi qui avais arrêté de fumer trois ans plus tôt, j'ai demandé une cigarette à mon voisin. Il ne lui en restait que deux, mais il m'en a donné une: il avait compris que j'en avais vraiment besoin. Heureusement, tout a bien fini. L'avion a atterri sans incident. Quand on a ouvert les portières, le pirate de l'air nous a poliment remerciés, a mis la bouteille dans sa poche, et s'est rendu aux policiers qui l'attendaient. Était-ce un fou? Était-ce un criminel? Je ne l'ai jamais su, et je ne veux pas le savoir.

---

plaindre quelqu'un: to pity someone
atterrir: to land (of a plane)
à peu près: about, more or less
le vol: the flight
incolore: colorless
mettre le cap sur: to set a course for

faire sauter: to blow up
l'appareil: the plane
le pirate de l'air: the highjacker
le voisin: the neighbor
se rendre: to surrender

VI. Traduire en français:

1. I had to congratulate them because they had behaved very well._____

_____

2. It had snowed all night and the roads were dangerous, but I decided to drive anyway.

_____

_____

3. If only I had known that an epidemic was going to break out! _____

_____

4. When the plane had landed, I pitied the passengers who had made such a long trip

without having eaten since the preceding day. _____

_____

_____

_____

5. Tomorrow, if you have finished this detective story, I shall lend you another one._____

_____

_____

6. Hardly had the pilot set a course for Paris when the highjacker threatened to blow up

the plane._____

_____

_____

_____

to congratulate: *féliciter*
to behave: *se conduire*
the detective story: *le roman policier*
to threaten: *menacer*

7. After we had seen him give alms to the beggar, we realized that he was a nice guy.____

   _____

   _____

   _____

8. When the Nazis decided to surrender, most German cities had been destroyed._____

   _____

   _____

EXERCICES SUPPLÉMENTAIRES

1. Faire des phrases en employant le passé composé pour indiquer une action dans un espace de temps qui n'est pas encore achevé.

2. Faire des phrases en employant le plus-que-parfait de l'indicatif pour exprimer:
   a. une action habituelle;
   b. le regret.

3. Faire des phrases en employant la locution *venir de* (à l'imparfait) + *infinitif.*

to realize: *se rendre compte*

TROISIÈME LEÇON : Partie A

I. Mettre les phrases suivantes au passé, en remplaçant les formes soulignées par le passé composé et les formes entre parenthèses par le temps qui s'impose:

1. Bizet se sert _____ d'une nouvelle de Mérimée quand il (compose) ___ _____ Carmen.

2. Elle se prépare _____ car elle (s'imagine) _____ que vous (allez) _____ l'inviter.

3. Nous nous passons _____ très bien de leur compagnie et ils ne se plaignent pas _____ de notre absence.

4. Il me semble _____ qu'ils (ont raison) _____, mais je me trompe _____.

5. Tout le monde se moque _____ de moi quand je me mets _____ _____ à chanter.

6. Elles se demandent _____ pourquoi personne ne les (invite) _____ à danser.

7. Je me lève _____, je me lave _____ les mains, la figure et les dents, puis je m'habille _____.

---

se servir de: to use   *se moquer de*: to make fun of
la nouvelle: the short story   *se mettre à faire quelque chose*: to begin to do
se passer de: to do without   something
se plaindre de: to complain about   *la figure*: the face

8. Elles se mettent _____ à applaudir quand elles voient _____

_____ que notre équipe (est) _____ en train de gagner.

9. Je me demande _____ pourquoi on (ne trouve pas) _____

_____ un vaccin contre le rhume.

10. Elle dit _____ à tout le monde que je (vais) _____ l'épouser,

mais personne ne la croit _____.

11. Le dictateur se met _____ à rire quand on lui annonce _____

_____ la mort du chef de l'opposition.

12. Elles se font _____ des sandwichs et se demandent _____

_____ où elles (vont) _____ faire leur pique-nique.

13. Qu'est-ce qu'ils s'imaginent _____?

14. Les ingénieurs se proposent _____ de construire un pont; ils

se vantent _____ de le finir en six mois.

15. Ils se rencontrent _____ devant la porte et, avant de

partir, s'assurent _____ qu'ils (n'oublient) _____

_____. _____ rien.

---

une équipe: a team
le rhume: the (head) cold
se proposer de faire quelque chose: to plan to do
    something
se vanter: to boast
s'assurer: to make sure

II. Remplacer le verbe entre parenthèses par sa forme pronominale ou réciproque au temps qui convient:

Exemple: Le bon vin (boire) *se boit* facilement.

1. Quand j'étais soldat, je (demander) _____ souvent comment les officiers faisaient pour (prendre) _____ au sérieux.

2. Votre vaisselle sera plus propre si vous (servir) _____ du savon Balmir.

3. Madame, vous (moquer) _____ de moi, et je ne vous le pardonnerai jamais.

4. Le pauvre fou qui (prendre) _____ pour Napoléon est mort.

5. Quand le chef d'orchestre est entré, les musiciens (lever) _____ et le public (mettre) _____ à applaudir; petit à petit le silence (faire) _____ et le concert commença.

6. S'ils savaient ce qui (passer) _____ depuis une heure, ils (inquiéter) ____ _____.

7. Les Français estiment que leur langue doit (parler) _____ à la perfection ou (ne pas parler) _____du tout.

8. Casanova (croire) _____ l'homme le plus séduisant du monde; dans ses *Mémoires* il (vanter) _____ de ses succès auprès des femmes.

9. (Préparer) _____ — nous: il fait encore nuit, mais à six heures le soleil (lever) _____ et nous pourrons partir.

10. Pour qui te (prendre) _____? Tu n'es pas le chef.

11. (Pouvoir) _____ -il que je me trompe?

---

la vaisselle: the table service, the dishes
s'inquiéter: to worry, to be uneasy
séduisant: seductive, attractive

12. (Souvenir) _____, Anne-Marie, je t'aimais en ce temps-là.

13. Jésus a dit: "(Aimer) _____ les uns les autres."

14. Vous ne (pas perdre) _____ si vous aviez consulté

    la carte.

15. Cela peut (dire) _____, mais pas (écrire) _____.

16. (Habiller) _____ -nous vite, il est déjà tard.

17. J'irai chez le coiffeur, et je (faire) _____ couper les cheveux très courts.

18. Si vous m'aviez donné votre adresse en France, nous (rencontrer) _____

    _____.

19. Si vous le désiriez, nous (faire) _____ un plaisir de vous aider.

la carte: the map

III. Donner le nom ou l'adjectif formé par le participe passé du verbe entre parenthèses:

1. La (conduire) _____ de mon (associer) _____ est inexcusable.

2. Le (prétendre) _____ psychiatre n'était en fait qu'un (employer) _____

_____ subalterne.

3. De l'(entrer) _____ du port, on a une (voir) _____ splendide.

4. Le général (vaincre) _____ avait l'air (surprendre) _____.

5. Payer sans exiger un (recevoir) _____, c'est assez (risquer) _____.

6. Les enfants (gâter) _____ sont moins sympathiques que les enfants bien

(élever) _____.

7. Le juge a condamné l'(accuser) _____.

8. Ma plus grande (craindre) _____ est qu'elle devine mes (penser) _____

_____.

9. Le (permettre) _____ de conduire n'est pas accordé aux (aliéner) _____

_____ mentaux.

10. Le participe (passer) _____ s'emploie souvent dans la langue (écrire)

_____.

11. Êtes-vous allé à l'enterrement du (regretter) _____ professeur Leroy?

12. Malgré les (plaindre) _____ (répéter) _____ des

(habituer) _____, le pianiste a été renvoyé par le patron.

---

subalterne: subordinate	*conduire*: to drive
vaincre: to conquer, to defeat	*un aliéné mental*: a deranged person
exiger: to demand	*malgré*: in spite of
gâter: to spoil	*renvoyer*: to fire (an employee)
sympathique: likable	*le patron*: the proprietor
deviner: to guess	

IV. Les noms suivants sont formés par des participes passés. Employez-les dans des phrases qui montrent que vous savez ce qu'ils veulent dire, et trouvez de quels infinitifs ils viennent (oral):

1. un fait;	6. une mort;	11. un employé;	16. un associé;
2. un écrit;	7. une entrée;	12. une fumée;	17. un permis;
3. un reçu;	8. un vaincu;	13. une pensée;	18. une plainte;
4. une vue;	9. une conduite;	14. une allée;	19. un invité;
5. une arrivée;	10. une sortie;	15. une crainte;	20. un habitué.

V. Dans le paragraphe suivant, donner le participe passé du verbe entre parenthèses:

1. "Jacqueline," me suis-je (dire)_____, "ma décision est (prendre)_____;

j'ai longtemps (hésiter)_____, mais je me suis enfin (décider)_____."

2. Après tout, j'ai (faire)_____ ce que j'ai (pouvoir)_____. 3. Je m'étais

(convaincre)_____ que, puisque j'avais (promettre)_____,

il fallait tenir la promesse que j'avais (faire)_____. 4. Alors, je suis (aller)_____

_____ parler à la fiancée de Philippe. 5. Je l'ai (assurer)_____

_____ qu'il l'aimait, qu'il n'avait pas (vouloir)_____ lui faire de

peine, qu'il avait (boire)_____ un peu trop ce jour-là, que les roses qu'il lui avait (envo

(envoyer)_____ prouvaient son repentir. 6. Elle s'est (mettre)

_____ à pleurer. 7. Elle s'est (plaindre)_____ de

Philippe qui, disait-elle, l'avait (rendre)_____ ridicule; il lui avait (plaire)_____

parce qu'il avait l'air bien (élever)_____, elle aurait (devoir)_____ se

méfier . . . 8. Bref, il a (falloir)_____ que j'écoute le récit de ses malheurs.

9. Il aurait mieux (valoir)_____ que je refuse la mission que Philippe m'avait

(confier)_____. 10. Si j'avais (savoir)_____, je ne me serais pas

(mêler)_____ de cette querelle d'amoureux.

---

convaincre: to convince
le repentir: the repentance
se méfier (de): to beware (of)
se mêler de: to meddle in

VI. Remplacer le verbe entre parenthèses par le passé composé:

1. La concierge (ne pas monter) _____ le courrier ce matin.

2. Quand il (monter) _____ au ciel, Saint Pierre lui (ouvrir) _____

    _____ les portes du Paradis.

3. Victor Hugo (épouser) _____ Adèle Foucher; leur fille Léopoldine

    (mourir) _____ noyée; il (dédier) _____ plusieurs poèmes

    à sa mémoire.

4. J'ai sifflé mon chien et il (accourir) _____.

5. Le champion (courir) _____ les 100 mètres en un temps record.

6. Les hommes de la tribu (aller) _____ à la chasse et les femmes (rester)

    _____ au village.

7. Quand Christophe Colomb (revenir) _____ d'Amérique, il (aller)

    _____ en prison sur l'ordre des souverains espagnols.

8. Le train (partir) _____ à 21 heures 15; il (même arriver) _____

    _____ à Lyon avec dix minutes d'avance.

9. Vous ne devinerez jamais ce qui (arrive) _____!

10. Où était-il? (Sortir) _____? (Partir) _____?

    (Quitter) _____ le pays? Personne ne savait.

---

le courrier: the mail	*accourir*: to come running
se noyer: to drown	*la tribu*: the tribe
dédier: to dedicate	*la chasse*: the hunt
siffler: to whistle, to whistle for or up	*deviner*: to guess

VII. Traduire en français:

1. Beware of him, he should be in an insane asylum._____

_____

_____

2. How many rings did she put on? She put on five._____

_____

3. I understand very well why you didn't want to meddle in their lovers' quarrel._____

_____

_____

_____

4. His turn having come, no one, including his daughters, listened to what he was saying.

_____

_____

5. The man who went up to the fourth floor carried a box up; when he came down, he

carried down a package._____

_____

_____

_____

6. Every time I plan to go swimming I catch a cold._____

_____

_____

---

an insane asylum: *un asile d'aliénés*
the ring: *la bague*
a floor, a story: *un étage*
the box: *la boîte*
the package: *le paquet*
to swim: *nager*
to catch: *attraper*

7. Once convinced that I was right, everyone, except my wife, demanded to leave

immediately. _____

_____

_____

8. He boasts of being a great biologist, and he doesn't even know how to use a microscope.

_____

_____

_____

9. We understood we had to beware, in view of the gravity of the situation._____

_____

_____

_____

10. It is a happy family because its members know themselves and respect one another.

_____

_____

_____

EXERCICES SUPPLÉMENTAIRES

1. Faire des phrases en employant:

   a. les verbes indiqués dans Difficultés de traduction 3, p. 25 de *L'Essentiel*, à la forme active, puis à la forme pronominale;

   b. les locutions *l'un l'autre, les uns les autres* et l'adverbe *mutuellement* pour renforcer l'idée de réciprocité.

2. Faire des phrases en employant:

   a. le participe passé de verbes pronominaux;

   b. le participe passé des verbes intransitifs indiqués à la note 1 p. 26 de *L'Essentiel*;

   c. le participe passé de verbes conjugués avec *avoir*;

   d. le participe passé de verbes conjugués avec *avoir* et suivis d'un infinitif complément d'objet;

   e. un participe passé après *en, dont* et *combien*;

   f. le participe passé de verbes impersonnels;

   g. le participe passé de *descendre, entrer, monter, retourner* et *sortir*, intransitifs, puis transitifs.

TROISIÈME LEÇON: Partie B

I. Mettre le verbe entre parenthèses au participe passé, en utilisant la préposition qui convient:

Exemple: (couvrir) [de, par]. Les arbres sont <u>couverts de</u> feuilles.

1. (peindre) [de, par]. Les plus beaux paysages ont été _____ Van Gogh.

2. (nommer) [de, par]. Le ministre avait été _____ le président.

3. (composer) [de, par]. Les universités françaises sont _____

    quatre "facultés."

4. (suivre) [de, par]. La jeune reine courait dans le jardin, _____ à grand

    peine _____ ses vieilles dames de compagnie.

5. (prendre) [de, par]. La décision sera _____ le comité directeur.

6. (voir) [de, par]. L'étudiant qui a réussi à voler le képi de l'agent de police a été

    _____ plusieurs passants.

7. (résoudre) [de, par]. Le problème n'aurait pu être _____ que _____ un

    grand mathématicien.

8. (conduire) [de, par]. Au bon vieux temps, les nouveaux mariés étaient

    _____ dans leur maison _____ la fanfare du village.

---

la faculté (de médecine, droit, etc .): the school (of medicine, law, etc.)
à grand peine: with much effort
la dame de compagnie: the lady-in-waiting
le comité directeur: the board of directors
le képi: the cap
le passant: the passer-by
au bon vieux temps: in the good old days
la fanfare: the band

9.   (couvrir) [de, par]. La campagne est _____ neige.

10. (remplir) [de, par]. Ces caisses seront _____ les ouvriers.

11. (remplir) [de, par]. Ces caisses seront _____ marchandises.

---

la caisse: the chest, the packing case
un ouvrier: a worker

II. Mettre les phrases suivantes à l'actif:

1. La France entière a été surprise par la défaite du parti gaulliste. _____

   _____

   _____

2. Les astronautes ont été accueillis par une foule enthousiaste. _____

   _____

   _____

3. L'hôtesse a été félicitée par ses invités._____

   _____

4. Deux tableaux à l'huile de Salvador Dali ont été achetés par un collectionneur américain.

   _____

   _____

   _____

5. Cette somme m'avait été avancée par la Banque du Commerce. _____

   _____

   _____

6. La gagnante du concours de Miss Univers sera accompagnée d'un garde du corps et

   d'un producteur de cinéma. _____

   _____ _____

   _____

7. La pasteurisation fut inventée par Pasteur. _____

   _____

---

accueillir: to greet
la foule: the crowd
une huile: an oil
le concours: the contest

8. Les traîneaux des Esquimaux étaient traînés par des chiens. _____

_____

_____

9. Cette mathématicienne est respectée de tous ses collègues. _____

_____

10. Henri IV était craint des nobles et aimé des paysans. _____

_____

_____

III. Mettre les phrases suivantes à l'actif (oral):
1. La température des malades sera prise trois fois par jour.
2. La langue arabe est écrite de droite à gauche.
3. Le président de la Société Gastronomique d'Angleterre a été photographié en train de manger du porridge.
4. Louis XVI fut guillotiné en 1793.
5. Les cigarettes sont vendues dans les bureaux de tabac.
6. La rhumba est encore dansée à Cuba, mais le twist n'est plus dansé par personne.
7. En Irlande, les voitures sont conduites à gauche.
8. Les soldats seront inspectés tous les matins.
9. Le vin blanc est bu frais.
10. Que ces caisses soient remplies tout de suite!
11. Les artistes de cinéma sont-ils souvent invités aux réceptions de la haute société?
12. Les Romains étaient respectés pour leur sens de l'organisation.

---

le traîneau: the sled
traîner: to drag

IV. Traduire en français:

1. You will be given a raise. _____

   _____

2. The child was told a story. _____

   _____

3. Your letter was not answered yesterday. _____

   _____

4. They were promised a reward. _____

   _____

5. I am assured it's very possible. _____

   _____

6. Was she sent a message? _____

   _____

7. We were wished good luck. _____

   _____

8. They will be ordered to stop. _____

   _____

9. I was refused credit. _____

10. Were you granted what you requested? _____

    _____

---

a raise: *une augmentation*
to tell a story: *raconter une histoire*
a reward: *une récompense*
good luck: *bonne chance*
to grant: *accorder*

V. Récrire les phrases suivantes en remplaçant la proposition soulignée par une proposition infinitive :

1. Nous croyons que nous avons suivi vos instructions._____
   _____

2. Mon amie prétendait qu'elle était trop grosse pour porter un bikini._____
   _____
   _____

3. Elle dit qu'elle n'a pas faim. _____
   _____

4. Pensez-vous que vous nous avez fait plaisir? _____
   _____

5. Je ne suis pas sûr que j'aie réussi._____
   _____

6. Les autorités prétendent qu'elles ne savent rien. _____
   _____

7. Elle affirme qu'elle est restée chez elle. _____
   _____

8. Ma sœur espère qu'elle sera invitée à danser par le fils de l'ambassadeur du Brésil.
   _____
   _____
   _____

---

prétendre : to claim

9. Les Français s'imaginent qu'ils sont le peuple le plus intelligent de l'univers. _____

   _____

   _____ _____

10. J'étais sûr que je résoudrais le problème. _____

    _____

VI.   Traduire en français:

1.   The cook claims he has a stomachache. _____

_____

2.   The guests were served a cocktail. _____

_____

3.   The stuntman knew that the Barnum circus would hire him sooner or later. _____

_____

_____

4.   Only the ignorant think they know everything. _____

_____

5.   Let's hope she will be at home when we telephone her. _____

_____

_____

6.   In many countries, cigarettes are not sold to children. _____

_____

_____

7.   The actor was not applauded when he finished his monologue. _____

_____

_____

---

the cook: *le cuisinier*
to have a stomachache: *avoir mal au ventre*
a cocktail: *un apéritif*
the stuntman: *le cascadeur*
the circus: *le cirque*
to hire: *engager* , *embaucher*

8. The policeman was told by several passers-by that a student had been seen taking a bath in the public fountain. _____

_____

_____

_____

9. If I am questioned, I'll say that we were at the movies together from 8:00 to 10:00.

_____

_____

_____

10. We think you will be able to finish in an hour. _____

_____

11. The Swiss national anthem is so difficult that the band is not sure it can play it.

_____

_____

_____

12. I have always claimed, I still claim, and I will always claim that man cannot live without freedom. _____

_____

_____

_____

---

taking a bath: *en train de prendre un bain*
the national anthem: *l'hymne national*

EXERCICES SUPPLÉMENTAIRES

1. Faire des phrases en employant:

    a. un complément d'agent introduit par *de*.

    b. un complément d'agent introduit par *par*.

2. Faire des phrases au passif sans exprimer le complément d'agent:

    a. le sujet n'étant pas une personne.

    b. le sujet étant une personne.

    c. mettre ces phrases à l'actif.

3. Sur le modèle des exemples donnés au numéro 15 dans *L'Essentiel* (pp. 33-36), faire des phrases pour illustrer les différentes concordances des temps possibles.

QUATRIÈME LEÇON : P a r t i e A

I. Revoir le subjonctif des verbes irréguliers.

II. Donner la forme convenable du verbe entre parenthèses:

1. Il vaut mieux que vous (faire) _____ attention, car il semble qu'il y (avoir)

    _____ du danger.

2. Il faut que j' (aller) _____ m'acheter un guide de Paris.

3. Les Romains voulaient que le monde entier les (craindre) _____.

4. Il est inadmissible que nous (devoir)_____ obéir à cet incapable.

5. Le patron est furieux que ses employés (vouloir)_____ être mieux

    payés.

6. Seigneur, si Vous voulez que je ne (pouvoir)_____ jamais parler

    français correctement, que Votre volonté (être)_____ faite.

7. Je ne pense pas qu'il (valoir) _____ la peine de protester.

8. Personne ne pense qu'on (pouvoir)_____ faire confiance au gouvernement.

9. As-tu peur qu'elle ne (se sentir) _____ pas bien?

10. Je regrette que vous n' (avoir)_____ pas le temps d'aller à la plage avec nous.

11. Il est possible qu'il (savoir)_____ le grec; en tous cas, il est probable qu'il

    (savoir)_____ le latin.

---

valoir: to be worth
faire confiance à quelqu'un: to rely on someone, to trust
la volonté: the will; *Votre volonté soit faite*: Thy will be done (as in a prayer)
la plage: the beach, the shore

12. Elle ne veut pas que je (faire)_____ la connaissance de ses parents; je crains

    qu'elle n' (avoir)_____ honte de moi.

13. Nous sommes sûrs que vous (avoir)_____ raison.

14. Il est temps qu'elle (comprendre)_____ que je ne suis pas aveugle.

15. Je souhaite que tu (faire) _____ un beau voyage, que tu nous (écrire)

    _____ souvent, que tu (pouvoir)_____ rencontrer des gens

    sympathiques et que tu ne (revenir)_____ pas déçu.

16. Je vous promets qu'il est impossible que vous (être)_____ forcé de partir.

17. Il est surprenant que personne n' (avoir) _____ pensé à moi pour la présidence.

18. Nous tenons à ce que vous (écrire)_____ un article, et à ce que vous

    (dire)_____ à vos lecteurs qu'il est scandaleux que l'on (pouvoir)_____

    _____ mettre un homme en prison sans l'avoir jugé.

19. J'espère que tu (être)_____ prudent; j'aimerais que tu (revenir)_____

    _____ sain et sauf.

20. Il n'est pas juste que les femmes (être)_____ moins bien payées que les

    hommes pour le même travail.

21. Il faut que vous (savoir)_____ défendre vos intérêts.

22. Pourquoi voulez-vous que je (lire) _____, que j' (écrire) _____ ou

    même que je (comprendre)_____ une langue qui n'est pas la mienne?

23. Il vaut mieux que vous n' (insister)_____ pas.

---

aveugle: blind
sympathique: likable
déçu: disappointed
tenir à: to insist
le lecteur: the reader
sain et sauf: safe and sound

III.   Remplacer les verbes à l'indicatif entre parenthèses par le subjonctif ou l'infinitif, si besoin:

1.   Êtes-vous étonnée (qu'elle a gagné)_____ tant d'argent

à la bourse?

2.   Il est temps (que vous rentrez)_____ chez vous.

3.   Je crains (que vous avez) _____ tort de ne pas

prendre la situation au sérieux.

4.   Nous sommes désolés (que vous ne pouvez pas)_____

accepter la présidence de notre association.

5.   Êtes-vous étonnée (que vous avez gagné)_____ tant d'argent

à la bourse?

6.   Il est impossible (que ce garçon est)_____ millionnaire; il

n'est même pas probable (qu'il est)_____ très riche.

7.   Je suis désolée (que je ne peux pas)_____ accepter la

présidence de notre association.

8.   Croit-elle que cette robe ridicule (lui va)_____?

9.   L'explorateur compte (qu'il reviendra)_____ sain et sauf.

10.   Elle ne veut pas (que nous disons)_____ du mal de sa

meilleure amie.

11.   Il s'oppose à ce que (nous sortons) _____ ensemble.

12.   Il faut (que l'on souffre) _____ pour (que l'on est) _____ belle.

13.   Je tiens à ce que ma voiture (est) _____ plus grande que celle du voisin.

---

gagner: to earn, to make
la bourse: the stock exchange

14. Je ne crois pas (qu'il vous fait) _____ confiance; j'espère (que vous allez) _____ le convaincre.

15. Il est à peu près sûr (que Dufourneau recevra) _____ le prix Nobel.

16. Je suis enchantée (que vous me trouvez) _____ intelligente.

17. Au tribunal, on m'a ordonné (que je jure que je dirais) _____ la vérité, toute la vérité et rien que la vérité.

18. Il est possible (que les Japonais sont) _____ doués pour le commerce; il est en tout cas probable (qu'ils sont) _____ particulièrement travailleurs.

19. Dufourneau est à peu près sûr (qu'il recevra) _____ le prix Nobel.

20. On ne pense pas (que tu es) _____ méchant, on pense (que tu agis) _____ sans réfléchir.

à peu près: nearly, almost
doué: gifted
travailleur: hard-working
méchant: bad, unkind, mean
agir: to act

IV. A. Faire précéder la phrase: *Notre sénateur est socialiste* par les expressions suivantes, en faisant tous les changements nécessaires lorsque le sens l'exige (oral):

Exemples: Je pense que notre sénateur *est* socialiste.
Je ne pense pas que notre sénateur *soit* socialiste.

1. Je regrette que
2. Je ne veux pas que
3. Je tiens à
4. Il faut que
5. Je dis que

6. Je ne pense pas que
7. J'espère que
8. Il semble que
9. Il est possible que
10. Je m'attends à

B. Même exercice avec la phrase: *L'Australie a gagné la coupe Davis,* et les expressions:

1. Je souhaite que
2. Je crains que
3. Il est juste que
4. J'espère que
5. Je ne dis pas que

6. Il est probable que
7. Je suis sûr que
8. Ne pensez-vous pas que
9. Il vaut mieux que
10. Il est regrettable que

C. Même exercice avec la phrase: *Le prisonnier s'est enfui,* et les expressions:

1. Personne ne s'attendait à
2. Il n'est pas possible que
3. J'espère que
4. Croyez-vous que
5. On est certain que

6. On ne supposait pas que
7. Nous avions peur que
8. Je suis désolé que
9. Il a raconté que
10. Je doute que

---

s'enfuir: to flee, to escape

V.   Traduire en français:

1.   I don't think we can trust this lawyer; I really doubt that he knows what he is doing.

_____

_____

_____

2.   The economists fear that the stock market will fall._____

_____

_____

3.   I fear I don't understand what it's about._____

_____

4.   All of France expected the Socialists to win. _____

_____

_____

5.   My husband insists I finish my studies: he wants me to go to the university._____

_____

_____

_____

6.   It would be preferable that you be less gifted and more hard-working._____

_____

_____

a lawyer: *un avocat*

7. I want you to be home before midnight, and I want you to know that it's for your own

    good. _____

    _____

    _____

    _____

8. Do you think the Ukraine is in Asia? It seems you have never looked at a map._____

    _____

    _____

9. If you must find two hundred thousand francs to pay your workers, never mind, I'll

    lend them to you._____

    _____

    _____

    _____

10. Isn't it surprising that so many readers want to buy detective stories? I think they are

    boring._____

    _____

    _____

    _____

---

midnight: *minuit*
own: *propre*
to lend: *prêter*
the detective story: *le roman policier*
boring: *ennuyeux*

11. Do you allow your children to dress as they please? _____

_____

_____

12. The Minister of the Interior forbade the press to discuss the President's private life.

_____

_____

_____

EXERCICES SUPPLÉMENTAIRES

1. Faire des phrases dont le verbe subordonné soit au subjonctif, et dont le verbe principal exprime:
   a. l'émotion ou le jugement;
   b. l'ordre ou la défense, le souhait ou le regret;
   c. le doute, la possibilité, l'impossibilité ou l'improbabilité.

2. Faire des phrases dont le verbe principal exprime:
   a. l'espoir;
   b. la probabilité.

3. Faire des phrases dont le verbe principal soit:
   a. *s'opposer à*;
   b. *s'attendre à*;
   c. *tenir à.*

4. Faire des phrases dont le verbe principal exprime une déclaration à l'affirmatif, puis au négatif et à l'interrogatif.

5. Même exercice avec un verbe principal exprimant une pensée.

---

to dress: *s'habiller*
private: *privé*

QUATRIÈME LEÇON : Partie B

I. Traduire les expressions entre parenthèses:

1. (Unless you make a written request) _____

    _____ vous ne recevrez pas de réponse.

2. (Not that American cuisine is bad) _____

    _____ mais elle n'est pas très variée.

3. (Unless he drives better)_____

    _____ ne le laisse pas toucher au volant.

4. Je ne veux pas l'attaquer (without his being able to defend himself) _____

    _____.

5. (Before he died) _____, Napoléon a dicté ses

    Mémoires.

6. Ma femme accepte de faire la cuisine (provided I don't complain) _____

    _____ des résultats.

7. Nous ferons un feu (in order not to be cold) _____

    _____, (although there is) _____

    toujours le danger d'un incendie.

---

the request: *la demande*
to drive: *conduire*
le volant: the steering wheel
to complain: *se plaindre*
un incendie: a fire, a conflagration

8. Espérons (that nothing happened) _____,

mais il est possible que des difficultés (presented themselves) _____

_____ sans que (we know it) _____

_____.

9. Je mets de l'argent de côté (so that my son will be able to go) _____

_____ à l'université.

10. (For fear of hurting her feelings) _____

_____ je ne lui ai pas dit qu'elle avait mauvaise mine.

11. (For fear of hurting her feelings) _____ je ne

lui ai pas fait remarquer qu'elle disait des bêtises.

12. Les Français ont construit la ligne Maginot (in order to protect) _____

_____ la frontière nord du pays.

13. (Although very old) _____ il refusait de

prendre sa retraite.

14. Je mets de l'argent de côté (so I'll be able to go) _____

_____ en Afrique.

15. Les Américains parlent anglais (even though they no longer are) _____

_____ citoyens britanniques.

16. Repens-toi, pécheur, (before it is too late) _____

_____!

---

to hurt someone's feelings: *faire de la peine à quelqu'un* (in the sense of making him sad); *vexer quelqu'un* (in the sense of annoying him)

avoir mauvaise mine: to look awful (tired, sick, etc.)

faire remarquer: to point out

dire des bêtises: to talk nonsense

la retraite: the retirement; *prendre sa retraite*: to retire

se repentir: to repent

le pécheur, la pécheresse: the sinner

17. Personne n'aime les maladies (unless he is) _____

hypocondriaque.

18. (After you have entrusted me with) _____

_____ cette mission, j'ai pris contact avec nos adversaires.

19. J'avais pris contact avec nos adversaires (before you entrusted me with) _____

_____ cette mission.

20. (As far as I know) _____, on parlait

français en Bourgogne (before this province was occupied) _____

_____ par le roi de France.

___

to entrust someone with something: *confier*
   quelque chose à quelqu'un

II. Donner la forme convenable du verbe entre parenthèses:

1. Autant que je (savoir) _____ il est peu probable que l'équipe de France

    (faire) _____ une tournée en Amérique du Sud.

2. On lui a volé son portefeuille sans qu'il (s'en rendre compte) _____

    _____.

3. Donnez vite le biberon au bébé avant qu'il (se mettre) _____ à crier.

4. Avant que tu (dire) _____ oui, il serait bon que tu (savoir) _____

    _____ à quoi tu t'exposes.

5. Chers téléspectateurs, jusqu'à ce que l'image (revenir) _____,

    nous diffuserons de la musique légère.

6. Quoique nous (ne pas tenir) _____ à vous vexer, il faut bien

    que nous vous (dire) _____ les choses comme elles sont.

7. Rentre vite, avant qu'elle (se douter) _____ que tu es sorti.

8. Il a insisté pour que je (prendre) _____ le volant.

9. Il a emporté la bouteille, de peur que tu (boire) _____ tout son vin.

10. De crainte que le malade (mourir) _____ sans confession, il faudrait

    que tu (aller) _____ chercher un prêtre.

11. Quoiqu'elle (se prendre) _____ pour une grande actrice, elle joue

    comme un pied.

---

la tournée: the tour
se rendre compte de: to realize
le biberon: the baby bottle
diffuser: to broadcast
se douter: to suspect
emporter: to take away
comme un pied (*argot*): badly, unskillfully (slang)

12. Se peut-il que vous (ne pas pouvoir) _____ faire attention

    cinq minutes?

13. Pourvu que vous (savoir) _____ ce que vous faites, c'est tout ce que je

    demande.

14. Non que je (vouloir) _____ divorcer, mais je ne reverrai plus mon mari

    jusqu'à ce qu'il (comprendre) _____ que je ne suis pas son esclave.

15. Soit qu'ils ne (craindre) _____ pas la vengeance divine, soit qu'ils

    (ne pas avoir) _____ le sens moral, certains pécheurs refusent de

    se repentir.

16. Bien qu'ils ne nous (plaire) _____ guère et que nous (ne pas tenir) ____

    _____ à les revoir, soyons aimables avec les Moreau.

17. Je vais jeter cette chemise, à moins qu'elle (te plaire) _____ encore.

18. Il s'endormira vite, pourvu que tu lui (lire) _____ "Blanche-neige et les sept

    nains."

19. Il faudrait qu'elle (vouloir) _____ bien écouter pour qu'il (valoir) ____

    _____ la peine de lui donner des conseils.

20. Tes parents ont fait toutes sortes de sacrifices pour que tu (pouvoir) _____

    finir tes études.

---

le nain: the dwarf
le conseil: the advice

III. Dans les paragraphes suivants, identifier le temps des verbes soulignés, et justifier leur emploi (oral):

Bien que les films de Cauvin ne soient pas des chefs-d'œuvre, ils sont agréables à regarder pourvu que le spectateur veuille bien ne pas être trop exigeant. Avant que ce metteur en scène ne devienne célèbre, et afin de gagner un peu d'argent, il a fait des courts métrages publicitaires. Autant que nous sachions, on les projette encore dans certaines salles de province, quoiqu'il faille bien avouer qu'ils sont assez médiocres. Jusqu'à ce que Cauvin comprenne qu'une jolie vedette ne suffit pas à faire un bon film — à moins d'avoir du talent — (et il devrait le comprendre sans qu'on le lui dise), il ne sera pas un grand cinéaste. Encore une fois, non qu'il ne sache pas son métier, mais il devrait le prendre plus au sérieux, de crainte qu'un jour ne vienne où personne n'ira plus voir ses films.

Le temps passe sans que nous nous en apercevions. Bien que nous devenions vieux, nous pensons être immortels. Pour que nous pensions à la mort, il faut qu'un de nos amis meure, ou que nous soyons nous-mêmes en danger. A moins d'être un philosophe, l'homme a peur de mourir. Pourvu que la vie ne soit pas trop dure, nous désirons tous vivre le plus longtemps possible.

Afin que tout le monde comprenne ce qui va se passer, et afin d'être loyal envers ses hommes, le capitaine parlera à ses troupes avant d'aller au Quartier Général. Il tient à ce que personne n'ignore le danger et à ce que les hommes lui fassent confiance jusqu'à ce que le danger soit passé. La situation est grave, sans être désespérée. De crainte que l'ennemi ne connaisse notre position, il faut que chacun obéisse à l'ordre de ne pas fumer, et fasse le moins de bruit possible. A moins que nous ne recevions des ordres contraires, il est indispensable que chaque soldat puisse être prêt à contre-attaquer. Pourvu qu'il ne pleuve pas et que la visibilité soit bonne, l'aviation attaquera l'ennemi, afin de rendre notre tâche plus facile.

---

exigeant: demanding, hard to please
le metteur en scène: the director
le court métrage: the (movie) short
publicitaire: advertising (adj.)
projeter (un film): to show (a film)
la vedette: the star
le cinéaste: the film maker

le métier: the profession
s'apercevoir de: to notice
le Quartier Général: headquarters
ignorer quelque chose: to be unaware of something, not to know something
faire confiance: to trust
la tâche: the task

IV. Traduire en français:

1. Make your request before the secretary leaves. _____

_____

2. Make your request before leaving. _____

_____

3. He retired so that his son could take his place. _____

_____

_____

4. I am waiting for him to retire so I can take his place. _____

_____

_____

5. I won't pay you (fam.) unless you work. _____

_____

6. You (fam.) won't be paid unless you work. _____

_____

7. Without my realizing it, you hurt her feelings. _____

_____

8. Without realizing it, I hurt her feelings. _____

_____

9. I don't want you to swim for fear you'll drown. _____

_____

_____

10. I don't want to swim for fear I'll drown. _____

    _____

11. They are going to see some film shorts even though they don't feel like it. _____

    _____

    _____

12. I am going to take them to see some film shorts even though they don't feel like it. __

    _____

    _____

EXERCICES SUPPLÉMENTAIRES

1. Faire des phrases en employant le subjonctif après les conjonctions indiquées aux numéros 18-A et 18-B, pp. 43—44 de *L'Essentiel.*

2. Faire des phrases en employant des propositions infinitives après les prépositions indiquées au numéro 18-C, p. 44 de *L'Essentiel.*

---

to swim: *nager*
to drown: *se noyer*

CINQUIÈME LEÇON : P a r t i e   A

I. Donner la forme convenable du verbe entre parenthèses:

1. Vous (connaître)_____ assez bien l'allemand, Mademoiselle, mais

    je cherche une secrétaire qui le (savoir)_____ parfaitement.

2. Ce metteur en scène n'a-t-il fait aucun film qui (valoir)_____ la peine d'être

    doublé en anglais?

3. Le seul nom sur cette liste qui me (dire) _____ quelque chose est Philippe

    Dubarton.

4. Y a-t-il un métro qui (aller)_____ Place de la Concorde et qui (être)_____

    plus rapide que l'autobus?

5. Il est difficile de comprendre qu'une personne en (haïr)_____ une autre

    parce qu'elles n'ont pas la même religion.

6. Les poèmes de Ronsard sont parmi les plus beaux qui (avoir été écrit)_____

    _____ au XVIe siècle.

7. Ce dont nous avons besoin, c'est d'un générateur qui (pouvoir)_____

    fonctionner sans polluer l'atmosphère.

8. Christian Dior a dessiné des minijupes qui (plaire)_____ surtout aux

    femmes qui (avoir)_____ de belles jambes.

---

le metteur en scène: the director
doubler (un film): to dub (a film)
dire quelque chose: to ring a bell; (in another context) to appeal
le métro: the subway
haïr: to hate

9. On m'a parlé d'un homme qui (vouloir)_____ faire le tour du monde en

   bateau à voile.

10. De toutes ces robes, n'y a-t-il que la rouge qui vous (aller)_____?

11. Un enfant qui (lire)_____ couramment à deux ans et demi? Je doute que cela

    (être)_____ possible.

12. Je sais ce que je dis, la route la plus courte qui (conduire)_____ à

    Marseille passe par Avignon.

13. La première chose que (craindre) _____ un avare, c'est de perdre sa

    fortune.

14. S'il y a quelqu'un qui (vouloir)_____ se porter volontaire, qu'il (faire)

    _____ trois pas en avant.

15. Peut-on imaginer un feuilleton télévisé qui (plaire)_____ à tous les

    téléspectateurs?

---

la voile: the sail; *le bateau à voile*: the sailboat
aller à: (of clothes) to fit
couramment: fluently
conduire: to lead
un avare: a miser

le volontaire: the volunteer; *se porter volontaire*:
   to volunteer
le pas: the step
un feuilleton télévisé: a television series

II. Donner la forme convenable du verbe entre parenthèses:

1. Où que l'on (vivre)_____ en France, on paye l'impôt foncier.

2. Quoi qu'en (dire)_____ la propagande, il n'est pas sûr du tout qu'il (valoir)____

   _____ mieux faire confiance à l'état-major.

3. Quelque pressés qu'ils (être) _____, il faudra qu'ils (faire)_____

   _____ la queue comme tout le monde.

4. Elle me critique tout le temps, quoi que je (faire) _____ et quoi que je

   (dire)_____.

5. Quelqu'envie que tu (avoir)_____ de rester seul, je veux que tu (venir)_____

   _____ avec nous.

6. Faute de marteau, je cherche quoi que ce soit qui (servir)_____ à enfoncer un

   clou.

7. Quel que (être)_____ son courage, il hésite à se jeter à l'eau.

8. Où que vous (fuir)_____, quoi que vous (faire)_____,

   de quelque manière que vous (se cacher) _____, vous

   n'échapperez pas à la justice.

9. Quelles que (être)_____ ses hésitations, il faudra bien qu'il (finir)_____

   _____ par prendre une décision.

10. En Amérique, quoi que l'on (prendre)_____ comme boisson, on vous sert

    d'abord un verre d'eau glacée.

---

un impôt: a tax; *l'impôt foncier*: the real estate
   tax
l'état-major (m.): the General Staff
pressé: hurried
faire la queue: to stand in line
faute de: for lack of

le marteau: the hammer
enfoncer: to drive in
le clou: the nail
fuir: to flee
échapper à: to escape
la boisson: the beverage

III. Traduire les mots entre parenthèses:

1. J'irai voir (anyone whatever)_____, (anywhere whatever)
_____, (at any time whatever) _____ si
ça peut servir à quoi que ce soit.

2. (Whatever they say)_____ je n'en crois pas un mot.

3. (However much the General Staff insists)_____
_____, je prétends que notre flotte n'a pas besoin de sous-marins atomiques.

4. J'épouserai Marie (whatever her father does)_____
_____ pour m'en empêcher.

5. Le roi donnera sa fille à (whoever)_____ tuera le dragon.

6. Quand on conduit (any way whatever)_____, on finit
d'habitude par faire un accident.

7. (However much you protest)_____, tu feras la
queue.

8. (Whenever)_____ le thermomètre tombe à 0° centigrades,
l'eau gèle.

9. (Whatever)_____ soit la beauté de cette actrice, elle joue comme un
pied.

10. (However much the stock market rises)_____,
mes actions continuent à tomber.

---

prétendre: to claim
la flotte: the navy, the fleet
empêcher: to prevent
geler: to freeze
comme un pied (argot): badly (slang)
the stock market: la Bourse
une action (en bourse): a share (of stock)

11. Qu'on me serve (anything whatever)_____, pourvu qu'on me

serve vite!

12. (Whenever) _____ je paye mes impôts, j'ai envie de me faire anarchiste.

13. Ne me remerciez pas, j'aurais fait la même chose pour (just anyone)_____

_____.

14. (However strong)_____ que soit l'équipe du Japon, il n'est

pas sûr qu'elle soit invincible.

15. (In whatever way)_____ que nous organisions le

meeting, quelqu'un sera mécontent.

16. (Wherever he is and whatever he is doing)_____

_____, il téléphone à sa mère tous les jours à midi.

17. (Whatever)_____ projet que vous ayez, vous ne le réaliserez pas sans

argent.

18. Ne permettons jamais que (whomsoever it be)_____ nous

insulte.

19. (Whatever their ethnic origins)_____

_____, tous les citoyens sont égaux devant la loi.

20. (However competent you are)_____,

vous ne dirigerez pas notre succursale de Londres, faute de savoir l'anglais.

---

se faire: to become
ethnic: ethnique
diriger: to manage, to run (a business)
la succursale: the branch office

IV.   Traduire en français:

1.   I am looking for someone who wants to buy a hundred shares of Citroën._____

     _____

     _____

2.   Whenever a new car is built, air pollution increases._____

     _____

     _____

     _____

3.   Whatever you want to send abroad, our firm is the only one that can do it immediately.

     _____

     _____

     _____

4.   We will be ready any day, at any time, provided you warn us in advance._____

     _____

     _____

     _____

5.   Wherever my wife hides the cookies, my kids find them._____

     _____

     _____

---

to increase: *augmenter*
abroad: *à l'étranger*
the firm: *la maison*
to warn: *prévenir*
the cookie: *le biscuit*
the kid (colloquial): *le (la) gosse*

6. However powerful the British fleet is, it needs the R.A.F.'s protection._____

_____

_____

_____

7. However much I try, I don't understand non-objective painting._____

_____

_____

8. There is no sailboat which does fifty knots._____

_____

9. Only a revolution can rid our country of the dictator._____

_____

_____

10. It is the most extraordinary adventure that ever happened to us._____

_____

_____

11. However much you insist, I assure you that this name doesn't ring a bell._____

_____

_____

---

powerful: *puissant*

non-objective painting: *la peinture non-objective*

the knot: *le nœud*

to rid: *débarrasser*

an adventure: *une aventure*

12. The best thing you (fam.) could do is to find a doctor who understands what you suffer

from._____

_____

_____

13. Whatever he sees and whatever he hears, a paranoiac thinks he is being insulted._____

_____

_____

14. Whomever it (may) be you write to, whoever it (may) be writes to you, don't forget to

keep a copy of all letters._____

_____

_____

_____

15. Whatever your ambitions, don't forget that life is short._____

_____

_____

EXERCICES SUPPLÉMENTAIRES

1. Faire des phrases en employant:
   a. *quelque* comme adverbe qualifiant un adjectif;
   b. *quelque* comme adjectif placé devant un nom;
   c. *quel que, quelle que, quels que, quelles que*;
   d. *qui que, quoi que, où que, de quelque manière que*;
   e. *qui que ce soit qui, qui que ce soit que*;
   f. *quiconque*;
   g. *n'importe qui, n'importe où, n'importe comment, n'importe quel*;
   h. *toutes les fois que, lorsque*;
   i. *avoir beau + infinitif.*

---

the paranoiac: *le paranoïaque*

CINQUIÈME LEÇON : P a r t i e B

I. Donner la forme convenable du verbe entre parenthèses:

1. Le Procureur de la République n'a trouvé personne qui (être) _____ témoin

du crime.

2. Nous avons immédiatement accepté son manuscrit, de peur qu'elle (aller) _____

_____ le proposer à un autre éditeur.

3. Bien que le roman (recevoir) _____ de bonnes critiques, il s'est mal

vendu.

4. Pour puissants que les syndicats (être) _____ avant le coup d'état, ils

n'ont plus aucun pouvoir depuis.

5. Nous ne croyons pas que vous (avoir) _____ raison d'accepter leur proposition; il

est possible que vous le (regretter) _____ un jour.

6. Les Chinois et les Français sont les seuls qui (comprendre) _____

_____ que la cuisine pouvait être un art.

7. Bien que je (se reposer) _____ toute l'après-midi, j'étais mort de

fatigue à minuit.

8. Lindbergh a décidé de traverser l'Atlantique quels qu' (être) _____

les dangers auxquels il s'exposait.

---

le Procureur de la République: the district, state, or national attorney

(le) témoin: (the) witness

un éditeur: a publisher

le syndicat: the union

9. Dès que vous avez ressenti les premiers symptômes, il aurait fallu que vous (consulter) _____ un médecin.

10. Restons vigilants afin que la démocratie (pouvoir) _____ continuer à régner dans notre pays.

11. Le premier pays qui (abolir) _____ l'esclavage fut l'Angleterre; le dernier qui (se décider) _____ à faire la même chose a été le Brésil.

12. Avant de poster ta lettre je l'ai lue, car je craignais que tu (faire) _____ _____ beaucoup de fautes.

13. Je vous préviens, afin que vous (faire) _____ le nécessaire pour que tous nos amis (savoir) _____ que la situation est grave.

14. Êtes-vous sûr que Marie (venir) _____ hier soir?

15. Non qu'il (valoir) _____ nécessairement mieux ne jamais boire une goutte d'alcool, mais il faut tout de même faire attention.

16. Puisqu'il faut que tu (rentrer) _____ demain soir, il serait bon que tu (prendre) _____ un billet aller-retour.

17. Nous sommes surpris que vous (arriver) _____ à l'heure; nous nous attendions à ce que vous (être) _____ retardés par les embouteillages.

18. Il est regrettable que le gouvernement (décider) _____ de diminuer les allocations de chômage le mois dernier.

19. J'ai peur qu'elle (partir) _____ depuis hier ou avant-hier.

20. Cela m'étonnerai qu'il (recevoir déjà) _____ une réponse la semaine dernière.

---

ressentir: to feel, to experience
l'esclavage (m.): slavery
poster: to mail
la goutte: the drop

le billet aller-retour: the roundtrip ticket
s'attendre à: to expect
un embouteillage: a traffic jam
une allocation de chômage: unemployment compensation

II.   Identifier le temps des verbes entre parenthèses, et les remplacer par un temps plus usuel:

1.   Avant que les invités d'honneur (ne fussent arrivés) _____,

le banquet a commencé.

2.   Pour gagner, il aurait fallu que notre équipe (fusse) _____ mieux entraînée.

3.   Je le leur ai dit afin qu'ils le (sussent) _____.

4.   L'éditeur était déçu qu'elle (n'eût pas écrit) _____ une suite à

son premier roman.

5.   Nous aurions préféré que (vous n'allassiez pas) _____ au

théâtre sans nous.

6.   Il fallait lui raconter ce qui s'est passé pour qu'il (l'écrivît) _____ dans

son journal.

7.   Il n'était pas possible qu'il (eût deviné) _____ mes intentions.

8.   La coutume exigeait que nous (bussions) _____ un verre à la santé des

nouveaux mariés.

9.   Tout le monde craignait qu'il ne (vînt) _____ faire un scandale.

10.   Je lui écrivais souvent afin qu'elle ne(m'oubliât) _____ pas.

---

entraîner: to train
déçu: disappointed
la coutume: the custom

III. Traduire les expressions entre parenthèses, en employant le présent ou le passé du subjonctif, selon le cas:

1. Il n'y a qu'avec elles que (we have fun) _____ chaque

   fois que nous sortons ensemble.

2. (It would have been better if you had paid attention) _____

   _____; maintenant il

   est trop tard.

3. Soit qu'il (drinks) _____ du vin, soit qu'il (takes) _____ un apéritif

   ou une bière, il a toujours un verre à la main.

4. Elle doit être chez elle (unless she has already left) _____

   _____ pour la Suisse.

5. Le roi Henri IV a été le premier qui (did) _____ quelque chose pour les

   paysans.

6. Le Procureur de la République ne croit pas que le témoin (wants to tell) _____

   _____ la vérité.

7. Est-il possible que *Madame Bovary* (was considered) _____

   comme un livre obscène?

8. (If they expect all the French to be) _____

   _____ des intellectuels raffinés, ils seront déçus.

9. (It is too bad that we arrived) _____

   _____ trop tard.

10. (Until I was told) _____ la vérité, je ne

    me rends pas compte de ce qui se passait.

---

le paysan: the peasant
raffiné: refined
se rendre compte de: to realize, to understand

11. Cet enfant va pleurer (until his mother tells him) _____

_____ qu'elle l'a pardonné.

12. Il a publié l'article (even though the police had forbidden him to) _____

_____ quelques jours auparavant.

13. Elle préfère souffrir (although she knows) _____

qu'une aspirine lui ferait du bien.

14. (The only one who has ever understood me) _____

_____, c'est ma secrétaire.

15. Lavez votre linge avec le savon Balmir (unless you prefer) _____

_____ avoir l'air sale.

16. Il est impossible (that a man understand) _____

_____ la mentalité féminine.

17. Le docteur l'a envoyé chez l'infirmière pour qu'il (have himself vaccinated) _____

_____ contre le typhus.

18. (Whether Pierre has taken) _____ ma voiture, (or

whether he has driven) _____ la sienne, il aurait déjà

dû être là.

19. Quand vous aurez essayé le rasoir électrique Barbancourt, il n'est pas possible (that you

refuse) _____ de vous en servir tous les matins.

20. (Rich as she is) _____, elle n'est pas

heureuse: l'argent ne fait pas nécessairement le bonheur.

---

auparavant: previously, before   *une infirmière*: a nurse
le linge: the linen(s)   *vacciner*: to vaccinate
avoir l'air: to appear   *se servir de quelque chose*: to use something
sale: dirty

21. (Not that your son is) _____ bête, mais il est

    paresseux.

22. Y a-t-il des Soviétiques (who want to) _____ revenir au régime

    stalinien?

23. (Famous as the painter was) _____

    _____ pendant la Renaissance, on ne parle plus de lui aujourd'hui.

24. (Not that) _____ le gâteau (was) _____ mauvais, mais je n'avais

    plus faim.

25. Il n'existe personne qui (has composed) _____ des fugues plus belles

    que celles de Bach.

---

bête: stupid
paresseux: lazy

IV. Traduire en français:

1. No one wants me to say what I think? Is it possible that you are all hypocrites? ____

   _____

   _____

2. Repent, before it is too late! _____

   _____

   _____

3. Provided you have said nothing, no one, as far as I know, suspects that you wear

   dentures. _____

   _____

4. This poor man cannot say two words without his wife interrupting him. _____

   _____

   _____

5. The only man I ever loved didn't want to marry **just** anyone . _____

   _____

   _____

6. Whatever they have done, it would be better that we pretended to have seen nothing.

   _____

   _____

   _____

---

dentures: *le dentier*
to interrupt: *interrompre*
to pretend to: *faire semblant de*

7. Whether you (fam.) like it or not, your father must pay so you can go to the university.

_____

_____

_____

8. Even though he receives unemployment compensation, we fear that it is not enough.

_____

_____

9. Unless our country abolishes slavery, the United Nations will refuse to grant it

economic aid. _____

_____

_____

10. Without anyone having given him the floor, he started to make a speech. _____

_____

_____

---

to grant someone something: *accorder quelque chose à quelqu'un*

to give someone the floor: *donner la parole à quelqu'un*

the speech: *le discours*

SIXIÈME LEÇON : P a r t i e A

I.   Donner la préposition adéquate quand une préposition s'impose:

1.   J'ai décidé_____ donner ma machine _____ laver _____ réparer, car elle

commençait _____ faire un bruit bizarre.

2.   Je pense _____ ne me marier que si je trouve un homme qui puisse _____ tolérer

mes défauts; il lui faudra _____ avoir beaucoup de patience, mais je saurai _____

rendre heureux un tel homme.

3.   Napoléon aspirait _____ devenir empereur, et il a exigé _____ se faire _____

sacrer par le Pape.

4.   Tu n'as pas encore fini _____ te plaindre? On vient pourtant _____ augmenter

ton salaire.

5.   La censure a permis _____ publier le livre, mais elle a défendu aux journaux _____

en parler.

6.   Elles s'amusent _____ imiter l'accent du professeur, sans s'inquiéter _____ savoir

s'il peut les entendre.

7.   Il ne tardera pas _____ faire nuit; il faut _____ penser _____ trouver un

restaurant qui accepte _____ nous servir si tard.

---

le bruit: the noise	*défendre quelque chose à quelqu'un*: to forbid
sacrer: to anoint	someone to do something
le Pape: the pope	*s'inquiéter*: to bother, to worry
la censure: the censorship	*il ne tardera pas*: it will not be long before

8. La compagnie m'a promis _____ me fournir une machine _____ écrire, ce qui me

   permettra _____ taper mon courrier moi-même au lieu de le donner _____ taper à

   la secrétaire.

9. Vous avez beau _____ vous brosser les cheveux, ça ne les empêchera pas _____

   tomber.

10. Arrêtons _____ nous chamailler et essayons _____ arriver à un compromis; je

    tiens _____ faire cesser ces discussions qui nous font _____ perdre tant de temps.

11. En 1940, Churchill a encouragé les Anglais _____ résister aux nazis; il leur a

    demandé _____ reprendre courage et les a exhortés _____ ne pas abandonner la

    lutte.

12. Il n'a pas manqué _____ demander _____ voir la Vénus de Milo, mais le gardien

    lui a dit _____ revenir le lendemain; sans essayer _____ discuter, il est parti _____

    visiter Notre-Dame.

13. Il commence _____ faire froid; je vous conseille _____ mettre un pull-over si vous

    ne voulez pas _____ risquer _____ attraper un rhume.

14. Les architectes d'aujourd'hui semblent _____ persister _____ croire que l'homme

    désire _____ habiter dans des casernes.

15. Monsieur, savez-vous _____ parler en public? Ce n'est pas difficile _____

    apprendre: en deux mois, grâce à la méthode Pécuchet, nous nous chargeons _____

    vous transformer en un orateur brillant.

---

taper: to type
le courrier: the mail
se chamailler: to bicker, to squabble
la lutte: the struggle
attraper un rhume: to catch a cold
la caserne: the army barracks

16. Venez donc _____ faire une partie de billard; je vous promets _____ ne pas

    tricher, j'essayerai _____ vous battre loyalement.

17. Il vaut mieux _____ rire que _____ pleurer.

18. En allant _____ rendre les livres à la bibliothèque, j'ai failli _____ les laisser

    _____ tomber dans une flaque d'eau.

19. Les prix peuvent _____ baisser: le gouvernement doit apprendre _____ les

    contrôler sans avoir _____ freiner l'expansion économique.

20. L'amiral venait _____ ordonner à la flotte _____ attaquer; il ne s'attendait pas

    _____ rencontrer de résistance, mais il a bientôt été forcé _____ demander des

    renforts.

---

la partie: the game
tricher: to cheat
la flaque: the puddle
baisser: to lower, to decline
freiner: to restrain, to slow down
la flotte: the fleet

II. Donner la préposition qui s'impose:

1. Nous aurions tort _____ nous décourager: nous n'avons passé que quatorze ans

   _____ étudier le français et nous devrions être fiers _____ avoir fait de tels progrès.

2. Il est parfois dangereux _____ dire ce qu'on pense.

3. Les gens ennuyeux sont d'habitude les premiers _____ arriver, les derniers _____

   partir et les seuls _____ bavarder sans arrêt.

4. J'ai mis deux heures _____ composer cette lettre; j'ai été obligé _____ y passer si

   longtemps parce qu'une lettre de condoléances n'est pas facile _____ écrire.

5. Je n'ai ni besoin _____ consulter le médecin, ni l'envie _____ prendre des

   médicaments, et tant pis si je suis le seul _____ avoir envie _____ mourir tranquille.

6. Marthe Richard et Jacques Duclos sont heureux _____ vous faire part de leur

   mariage.

7. Une expression amusante _____ connaître est: "Il fait un vent _____ décorner les

   bœufs."

8. Ce théorème est difficile _____ formuler, mais il est indispensable _____ le

   comprendre avant _____ en chercher les applications.

9. Victor Hugo était immobile _____ contempler la tempête; il passait ainsi des heures

   _____ attendre l'inspiration.

10. Nous avons été bêtes _____ louer cet appartement: les voisins passent leur temps

    _____ se chamailler et font un bruit _____ rendre sourd.

---

bavarder: to talk, to chatter
tant pis: too bad, so much the worse
faire part (d'un mariage, d'une naissance, etc.): to announce
décorner: to dehorn; *décorner un bœuf*: to tear the horns off an ox
le voisin: the neighbor
sourd: deaf

III. Traduire les expressions entre parenthèses:

1. (After having conquered Indochina) _____

   _____, la France lui a imposé un régime colonial.

2. As-tu (succeeded in fleeing) _____ de la

   caserne?

3. Quand (will we be able to cure) _____ le

   cancer? (That's hard to say) _____.

4. Connaissez-vous la sonate que (we have just heard)_____

   _____?

5. L'astronaute est parti pour la lune (without saying good-bye)_____

   _____ à sa femme.

6. Ni Israël ni les pays arabes (intend to ask) _____

   _____ Nations Unies d'intervenir.

7. Prière de frapper (before coming in) _____.

8. Quand mes enfants (start squabbling) _____

   _____, il font un bruit (enough to drive one insane) _____

   _____.

9. (I feel like spending) _____ quelques jours à la

   campagne.

10. Il est dangereux (to repair) _____soi-même un poste de télévision.

---

to flee: *fuir; s'enfuir de*
to cure: *guérir*
insane: *fou*
le poste de télévision: the television set

11. Le champion des poids-lourds n'a pas l'intention (to defend) _____ son titre avant le printemps.

12. Donne-moi un coup de main (instead of remaining there looking at me)_____ _____travailler.

13. Il faudra des milliards de dollars (to solve) _____ les problèmes urbains.

14. Comprenez-vous pourquoi le Guatemala (has decided to nationalize)_____ _____ les compagnies étrangères?

15. Le joueur de poker s'est décidé (to cheat)_____ car (he hadn't stopped losing) _____ _____ depuis le début de la partie.

16. (After having read)_____ son courrier, il a fait entrer sa secrétaire.

17. Ne décidez rien (before having consulted) _____ _____ votre psychiatre.

18. Pour un Occidental, le japonais est une langue (easy to speak, difficult to understand and impossible to write)_____ _____ .

19. Ce château est (for sale) _____ ; il a une énorme (dining room) _____ , huit (bedrooms) _____ et trois (bathrooms)_____.

20. L'Inde est (ready to make) _____ des efforts pour s'industrialiser.

---

poids-lourds: heavyweight
donner un coup de main: to lend a hand, to help
to nationalize: *nationaliser*

IV.   Traduire en français:

1.   To drive in town, to go on vacation, to impress your neighbors, buy a Citroën._____

_____

_____

_____

2.   When I saw Rembrandt's "Anatomy lesson" for the first time, I remained standing for

an hour looking at that painting._____

_____

_____

_____

3.   The doctor asked the nurse to call him if the patient demanded to leave the hospital.

_____

_____

_____

4.   Poker is an easy game to learn, but it is difficult to play well._____

_____

_____

_____

to impress: *impressionner*
the painting: *le tableau, la toile*

5. A washing machine in the bedroom, a sewing machine in the bathroom, an iron in the dining room . . . I'm going to give you a hand to put all that in its proper place._____

_____

_____

_____

_____

6. If they remain deaf to our advice, too bad; we are not going to spend our time arguing with them._____

_____

_____

7. After having decided to buy a typewriter and before choosing one, he spent two hours in the store; he couldn't make up his mind._____

_____

_____

_____

_____

8. Everyone was surprised to receive their wedding announcement._____

_____

_____

in its proper place: *à sa place*
to argue: *discuter*
the store: *le magasin*
to make up one's mind: *se décider*

9. Little by little, men will get to the point of understanding that racism is the expression of an inferiority complex. _____

_____

_____

10. After having spent two years trying to understand organic chemistry, I decided not to become a doctor. _____

_____

_____

EXERCICES SUPPLÉMENTAIRES

1. Consultez la liste des verbes qui n'exigent aucune préposition pour introduire un infinitif (*L'Essentiel,* p. 183) et faites des phrases avec ceux que vous ne connaissez pas.

2. Même exercice avec les verbes qui exigent la préposition *à* pour introduire un infinitif (*L'Essentiel*, p. 183).

3. Même exercice avec les verbes qui exigent la préposition *de* pour introduire un infinitif (*L'Essentiel*, p. 184).

4. Faire des phrases avec des expressions verbales qui indiquent le sentiment, l'émotion et l'opinion et qui exigent la préposition *de* pour introduire un infinitif.

5. Même exercice avec *il* (impersonnel) + *être* + adjectif + *de* + infinitif.

6. Faire des phrases dans lesquelles, après un adjectif, la préposition *à* introduise un infinitif qui indique pour quelle action l'infinitif s'applique.

7. Faire des phrases dans lesquelles la préposition *à* introduise un adjectif après une expression indiquant la durée (de temps) ou la position (du corps).

---

the complex: *le complexe*
chemistry: *la chimie*

SIXIÈME LEÇON : P a r t i e B

I.   Revoir le participe présent des verbes irréguliers.

II. Donner la forme convenable du participe présent du verbe entre parenthèses, précédée lorsqu'il le faut par *en* ou par *tout en*:

1.   Il paraît que Victor Hugo a dit (mourir) _____: "C'est ici le combat du jour et de la nuit."

2.   (Boire) _____ de l'eau contaminée, il est tombé très malade.

3.   Les étudiants défilaient (crier) _____: "La jeunesse au pouvoir!"

4.   (Naître) _____ en 1940, je n'ai pas connu le Paris d'avant-guerre.

5.   Ce roman policier, (avoir) _____ une intrigue astucieuse, ne m'a pas beaucoup plu.

6.   (Vouloir) _____ avoir l'air d'un intellectuel, il s'est mis à fumer la pipe.

7.   La jeune femme est sortie sur la pointe des pieds, (craindre) _____ de réveiller son mari.

8.   Le témoin a menti plusieurs fois, (jurer) _____ de dire la vérité.

9.   Newton a compris le principe de la gravité terrestre (recevoir) _____ une pomme sur la tête.

---

défiler: to parade, to march
le roman policier: the detective story
une intrigue: a plot
astucieux: clever
le témoin: the witness

10. Pendant les guerres de religion, catholiques et protestants s'assassinaient les uns les

    autres (chanter) _____ des cantiques.

11. (Être) _____ mineur, il n'a pas le droit de voter.

12. (Arriver) _____ à la gare, il s'est précipité vers les guichets.

13. S'il a réussi dans les affaires, c'est (éviter) _____ d'avoir trop

    d'idées originales.

14. (Être vacciné) _____ contre la fièvre jaune, il n'avait pas peur

    de partir pour les tropiques.

15. (Oublier) _____ où il était, le père de la mariée alluma une

    cigarette dans l'église.

16. Il s'est présenté aux élections (savoir) _____ qu'il n'avait

    pas la moindre chance d'être élu.

17. (Ne pas pouvoir) _____ passer l'examen de chimie

    organique, il a renoncé à l'idée de devenir pharmacien.

18. Les étudiants ont réagi à ma conférence (regarder) _____

    tout le temps leur montre et (bâiller) _____ d'ennui.

19. Je l'avais invitée, (penser) _____ qu'elle serait flattée, mais elle m'a ri au

    nez.

20. Je ne vois pas comment (être) _____ si petit, il a pu entrer

    dans l'équipe de basket-ball.

---

le cantique: the hymn, the canticle
se précipiter: to rush
le guichet: the ticket window, the box office
les affaires: business
éviter: to avoid
se présenter: to be a candidate

élu: elected
le pharmacien: the pharmacist
réagir: to react
la conférence: the lecture
rire au nez de quelqu'un: to laugh in someone's
    face

III. Traduire les expressions entre parenthèses:

1. (Not wanting to be massacred) _____

    _____, les Indiens d'Amérique se sont retirés devant les

    Européens.

2. On apprend (singing and dancing) _____ aux

    enfants de l'école maternelle.

3. Marie Curie a reçu le prix Nobel (after having discovered) _____

    _____ le radium.

4. (Respecting man) _____ est le plus sûr moyen d'

    (honoring God) _____.

5. Préparons-nous à quitter le pays (while hoping) _____ qu'on

    ne nous chassera pas.

6. Les Puritains ont été obligés d'émigrer (in order to practice) _____

    leur religion.

7. Dans les monastères, les moines passent leur temps (praying and fasting) _____

    _____.

8. Aux États-Unis, même un fou homicide peut acheter une arme à feu (without having a

    permit) _____.

9. ' (Before building) _____ la Statue de la Liberté,

    Bartholdi a préparé plusieurs maquettes.

---

to massacre: *massacrer*
se retirer: to withdraw
une école maternelle: a nursery school
le moine: the monk
the permit: *le permis*; the gun permit: *le port d'arme*
to fast: *jeûner*
la maquette: the scale model

10. (After having shaved) _____ n'oubliez pas la

    lotion Grosse Brute, la lotion de l'homme moderne.

11. Dans certains pays, l'analphabétisme augmente (instead of decreasing) _____

    _____.

12. (Without realizing) _____ ce qu'il disait, il a tout

    avoué.

13. Vous n'arriverez à l'heure qu' (by taking) _____ un taxi.

14. (Before going to kill) _____ d'autres hommes, j'aimerais

    savoir si cette guerre est absolument indispensable.

15. Le temps (for hoping and praying) _____ est passé;

    c'est à présent le moment (for acting) _____.

16. Il s'agissait de remplacer les vrais bijoux par les faux (without anyone noticing it) ____

    _____.

---

l'analphabétisme (m.): illiteracy
to decrease: *diminuer*
avouer: to confess
il s'agissait de: it was a question of
to notice: *s'apercevoir*

NOM DE L'ÉLÈVE_____ PROFESSEUR_____

IV. Traduire en français:

1. All his misfortunes come from his having believed what the experts said. _____

   _____

   _____

2. Looking at the soldiers parading, the passers-by, without realizing it, started to walk in

   step. _____

   _____

   _____

3. After having sung a few hymns, the monks began praying in silence. _____

   _____

   _____

4. By avoiding tobacco and decreasing your alcohol consumption, you will be healthier

   while growing old. _____

   _____

   _____

5. I don't know whether ghosts come back from the Beyond, but I do know that the

   living don't like thinking about it. _____

   _____

   _____

---

the misfortune: *le malheur*   the consumption: *la consommation*
the passer-by: *le passant*   to grow old: *vieillir*
in step: *au pas*   the ghost: *le fantôme*
to avoid: *éviter*   the Beyond: *L'Au-delà*

6. While being only a beginner herself, she already teaches painting in a nursery school.

_____

_____

_____

7. Being clever and cynical, he succeeded in business and had no difficulty becoming

vice-president of our company. _____

_____

_____

_____

8. Under slavery, a man's children could be sold without his being able to do anything

about it. _____

_____

_____

9. Instead of imitating, Picasso invented; while waiting for his genius to be recognized, he

lived in a slum. _____

_____

_____

10. While knowing very well what she meant, I pretended not to understand, not wishing

her to continue questioning me. _____

_____

_____

_____

---

the beginner: *le (la) débutant(e)*
clever: *habile*
slavery: *l'esclavage (m.)*
a slum: *un taudis*

EXERCICES SUPPLÉMENTAIRES

1. Faire des phrases en employant le participe présent:
   a. pour exprimer la simultanéité;
   b. pour exprimer l'antériorité immédiate;
   c. sous sa forme composée;
   d. avec une valeur causale ou explicative.

2. Faire des phrases en employant le gérondif pour qualifier le verbe principal.

3. Faire des phrases en employant *tout en + participe présent*.

SEPTIÈME LEÇON : P a r t i e A

I. Traduire les expressions entre parenthèses par un verbe impersonnel à la forme qui convient:

1. Combien de temps (is it) _____ qu'elle attend une réponse du bureau

    de placement?

2. (It can happen) _____ qu'un avion s'écrase, mais (it is)

    _____ vraiment très rare.

3. (What's going on?) _____? Êtes-vous tous devenus

    fous?

4. Quand je les ai vu bâiller, j'ai compris qu' (it was time to) _____

    _____ changer de sujet.

5. Dans ce roman américain (it is about) _____ un soldat qui

    déserte par amour.

6. Combien d'argent (was there) _____ dans votre portefeuille?

7. (Will there be) _____ beaucoup de célibataires chez vous

    vendredi soir?

8. De temps en temps (it happens) _____ qu'on me donne des billets de

    faveur pour les premières.

---

le bureau de placement: the employment office
s'écraser: to crash (of a plane)
bâiller: to yawn
le portefeuille: the wallet
le (la) célibataire: the unmarried man or woman
le billet de faveur: complimentary ticket
la première: the first night

9. (Isn't it) _____ encore l'heure de se coucher? (It's been)

    _____ vingt minutes que tu te brosses les dents!

10. Comme mon fils adore le "rock," (it goes without saying) _____

    _____. qu'il est un peu sourd.

11. (What's the matter?) _____? Pourquoi

    pleures-tu?

12. Pour prendre une décision (the problem is) _____ savoir ce

    que pense l'adversaire.

13. Le patron a décidé qu' (it was not fitting) _____

    _____ de signer le contrat.

14. Vous voulez me voir? (What is it about?) _____

    _____?

15. (Once upon a time there was) _____

    un roi qui avait une fille très belle.

---

sourd: deaf
le patron: the proprietor, the boss

II. Récrire les phrases suivantes en remplaçant le verbe *devoir* par le verbe *falloir,* et vice-versa:

1. On ne doit pas manger d'ail avant d'aller au théâtre. _____

    _____

    _____

2. Si j'avais dû traduire, je l'aurais fait. _____

    _____

3. Un proverbe français affirme qu'il faut souffrir pour être belle. _____

    _____

    _____

4. Faut-il déjà que vous me quittiez? _____

    _____

5. Il aurait fallu que Christophe Colomb consulte un agent de voyage avant de s'embarquer.

    _____

    _____

    _____

6. J'ai dû leur expliquer quoi faire. _____

    _____

7. Tu ne devras pas y penser. _____

    _____

8. Je ne crois pas qu'il te faille mettre du sucre sur le caviar. _____

    _____

    _____

---

l'ail (m.): garlic

9. Ne faudrait-il pas que nous nous mettions d'accord? _____

_____

10. Quand devrez-vous annoncer vos fiançailles à vos parents? _____

_____

_____

11. Il faudrait que tu saches ce que tu veux. _____

_____

12. Si vous n'avez pas les nerfs solides, vous ne devez pas conduire sur les autoroutes

françaises. _____

_____,

_____

13. Il fallait être riche pour être respecté. _____

_____

14. On devrait interdire de sortir les chiens sans laisse._____

_____

_____

15. Pour se décider, ils ont dû faire un effort._____

_____

---

se mettre d'accord: to come to an agreement or an understanding
les fiançailles (f. pl.): the engagement
une autoroute: a turnpike
interdire: to forbid
la laisse: the leash
se décider: to make up one's mind

III. Compléter les phrases suivantes en ajoutant *il* or *ce* (*c'*), selon le cas:

1. _____ serait dommage que vous perdiez cette occasion; _____ serait vraiment

   idiot.

2. On nous a dit que vous alliez vous marier; est- _____ vrai?

3. _____ est rare qu'un Français ne soit pas un peu chauvin.

4. Tu sais qu'on appelle la sixième symphonie de Beethoven la "Pastorale," n'est-_____

   pas?

5. _____ est trois heures du matin, _____ n'est pas le moment de jouer de la

   trompette!

6. Il paraît que la grève est terminée; _____ est une bonne nouvelle.

7. _____ ne me sera peut-être pas possible de réparer votre voiture: _____ est une

   véritable antiquité.

8. N'est- _____ pas étonnant qu'elle refuse de sortir avec moi? N'est- _____ pas

   une preuve de son manque de goût?

9. Quand _____ est défendu de parler librement, _____ est que l'on est en dictature.

10. _____ est possible que l'équipe américaine de ping-pong batte l'équipe chinoise,

    mais _____ n'est guère probable.

11. Vous serait- _____ agréable de faire sa connaissance? _____ serait facile à arranger.

12. _____ n'est heureusement pas obligatoire d'assister à cette conférence.

---

chauvin: chauvinistic
il paraît: they say (literally: it seems)
la grève: the strike
une antiquité: an antique
le manque: the lack
le goût: the taste
une équipe: a team
assister à: to attend
la conférence: the lecture

13. _____ aurait pu pleuvoir; _____ aurait été dommage.

14. Lire sans comprendre, _____ est inutile.

15. J'aime jouer au tennis: _____ est amusant, et d'ailleurs _____ est bon pour la

santé; _____ est indispensable d'exercer ses muscles.

IV. Compléter les phrases suivantes en leur ajoutant les compléments d'objets indirects entre parenthèses (oral):

1. Il faut de la patience (à Marie) (lui).
2. Ne convenait-il pas de demander conseil (leur)?
3. Il serait difficile de refuser (vous).
4. Cela serait-il agréable (te)?
5. Il arrive de temps en temps d'être d'accord avec moi (à Pierre) (lui).
6. Aurait-il fallu répondre (te)?
7. Il n'est pas facile de satisfaire (vous).
8. Ce guide des restaurants bon marché sera-t-il indispensable (aux touristes) (leur)?
9. Ne faut-il pas encore nous dépêcher (nous)?
10. Qu'est-ce qui arrive (aux étudiants) (leur)?

---

bon marché (invariable): inexpensive
se dépêcher: to hurry

V. Traduire en français, en employant des verbes impersonnels toutes les fois que c'est possible:

1. It was believed for a long time that women were inferior; it goes without saying that this was absurd. _____

_____

_____

2. What does this report deal with? It seems to me I have already read it._____

_____

_____

3. What would happen if it were impossible for them to reach an agreement? _____

_____

_____

4. It is not opportune for you (fam.) to leave the country now; on the contrary, the question is to remain as long as possible._____

_____

_____

_____

5. One must always tell the truth, but I must say that it is sometimes difficult._____

_____

_____

6. Most of Jean-Paul Sartre's books deal with human freedom._____

_____

_____

the report: *le rapport*
on the contrary: *au contraire*

7. You say it is easy to learn Russian; that's possible, but one mustn't forget that you were born in Leningrad._____

_____

_____

_____

8. The problem is not only to know what to do, the problem is to know why one does it.

_____

_____

_____

9. It happens that children disobey their parents from time to time; one must understand that that is normal._____ _____

_____

_____

_____

10. It will soon be a year since she was hired; it's time for her to ask for a raise._____

_____

_____

_____

to disobey: *désobéir*
to hire: *embaucher, engager*
a raise: *une augmentation*

SEPTIÈME LEÇON : P a r t i e B

I. Traduire les expressions entre parenthèses par la forme qui s'impose des verbes étudiés au numéro 25, pp. 71–76 de *L'Essentiel*:

1. Il est compréhensible (that one doesn't have the right)_____

   _____ de prendre des photos dans un camp de nudistes.

2. (Could you)_____ m'indiquer la place Maubert, s'il vous

   plaît? Je crois qu'elle (must not be)_____ loin d'ici.

3. Tu ne (know)_____ pas encore le nouveau patron? Tu (should ask)

   _____ à quelqu'un de te présenter à lui.

4. Je ne (know) _____ pas quelle décision prendre; dites-moi ce que je (ought to)

   _____ faire.

5. Depuis quelque temps, beaucoup de femmes (have their hair dyed)_____

   _____ .

6. Quand on a appris que c'était lui qui voulait acheter le tableau, (they made him pay for

   it)_____ en espèces.

7. Pour bien (know)_____la topographie d'une région, (one should)

   _____ la survoler à moyenne altitude.

8. Elle (might be)_____ gentille, si elle n'était pas si snob.

---

le patron: the boss, the proprietor
to dye: *teindre*
en espèces: in cash
survoler: to fly over

9. Que (could we do)_____ si nous voulions lutter

   contre la pollution?

10. Les enfants (owe)_____ la vie à leurs parents et, s'ils vont à l'université,

    ils leur (owe)_____ beaucoup d'argent aussi.

11. Savez-vous à quelle heure l'Orient Express (is scheduled to leave)_____

    _____?

12. Je (know)_____ que l'homme (should not make his fellowmen suffer) _____

    _____,

    mais je ne (know)_____ personne qui (is able to follow)_____

    _____ ce précepte.

13. Tu (should not have)_____ lui prêter de l'argent; il en

    (owes)_____ à tout le monde.

14. Vivre en Union Soviétique sous Staline, ça (must have been)_____

    comme vivre en prison.

15. A mon avis, (you should stop complaining)_____

    _____.

16. Elles (will have to)_____ prendre une décision tôt ou tard, et je ne crois

    pas qu'elles (know) _____ encore ce qu'elles vont faire.

17. Plusieurs dictateurs d'Amérique latine (have had themselves named) _____

    _____ président à vie.

18. Je (know)_____ que vous (know)_____ ma belle-mère.

---

lutter: to fight
his fellowmen: *ses semblables*
to complain: *se plaindre*
la belle-mère: the mother-in-law

19. Mes ennemis politiques (will have me attacked)_____

   par les journaux à leur solde.

20. Je (know how) _____ jouer de la guitare, mais je ne (can) _____ pas vous

   accompagner, car je viens de (have myself operated)_____

   _____ d'un ongle incarné.

à leur solde: in their pay
un ongle incarné: an ingrown nail

II. Répondre aux questions suivantes par des phrases complètes (oral):

1. Dans votre état, a-t-on le droit d'acheter de l'alcool le dimanche?

2. Par qui un homme politique fait-il généralement attaquer ses ennemis dans la presse?

3. Vous êtes-vous jamais fait faire un costume ou une robe?

4. Quand vous êtes-vous fait teindre les cheveux pour la première fois?

5. Quelle œuvre littéraire votre professeur vous a-t-il fait lire dernièrement?

6. Savez-vous quel jour nous sommes?

7. Pouvez-vous me payer en espèces la somme que vous me devez?

8. Connaissez-vous le maire de votre ville, et savez-vous de quel parti il est membre?

9. En France, les femmes ont-elles le droit de voter dans toutes les élections, municipales et nationales?

10. Pouvez-vous aller au cinéma ce soir, et sauriez-vous y aller tout seul, ou faut-il que je vienne vous chercher?

11. Qu'est-ce qu'un homme doit faire pour se faire accepter par sa belle-mère?

12. Sais-tu combien font quatorze et soixante-deux? Connais-tu les nouvelles méthodes de calcul qu'on enseigne dans les écoles maternelles?

13. Peut-on appeler philanthrope un homme qui déteste ses semblables?

14. A votre avis, quel pourcentage des hauts fonctionnaires municipaux sont achetés par les trafiquants de drogue?

15. Combien de temps avez-vous dû passer à persuader votre belle-mère de vous laisser épouser sa fille (son fils)?

III.   Traduire en français:

1.   I thought I knew the poem by heart, until she made me recite it._____

_____

_____

_____

2.   She led me to understand that I should have said nothing._____

_____

_____

_____

3.   In France, you can't own a firearm without a permit, and everyone knows it._____

_____

_____

_____

4.   What must one do to know what one wants and to be able to think about it calmly?

_____

_____

_____

to own: *posséder*
a firearm: *une arme à feu*

5. All the rich ladies of Paris wanted to have themselves photographed by Durand, the fashionable photographer._____

_____

_____

_____

6. He can't swim, he can't dance, he doesn't know how to dress, he can't see without glasses, and yet women are crazy about him: I can't understand it._____

_____

_____

_____

_____

7. There is a difference between what one should do, what one can do and what one does do._____

_____

_____

8. He knows how much he owes his old teacher, and he wonders how he is going to be able to prove his gratitude to him._____

_____

_____

_____

---

fashionable: *à la mode*
to dress: *s'habiller*
glasses: *les lunettes (f.)*
crazy about: *fou de*
gratitude: *la reconnaissance*

VII-B/144

9. Do you know what you (fam.) should do? Find someone who knows what it is all

about and who can explain it to you._____

_____

_____

_____

10. They didn't know you knew me, but they should have suspected it._____

_____

_____

_____

EXERCICES SUPPLÉMENTAIRES

Faire des phrases pour illustrer les différents emplois des verbes *devoir, pouvoir, savoir, connaître* et *faire.*

---

to suspect something: *se douter de quelque chose*

HUITIÈME LEÇON : P a r t i e A

I.   Ajouter l'article défini lorsqu'il s'impose et faire, si besoin, élisions et contractions:

1.   Notre anniversaire de mariage est _____ jeudi.

2.   _____ peuples ont _____ gouvernement qu'ils méritent.

3.   Aujourd'hui, on ne baise plus guère _____ main à _____ dames.

4.   Balzac avait _____ yeux noirs et _____ mains très fines.

5.   _____ enfants aiment généralement _____ viande et _____ gâteaux, mais

     rarement _____ légumes.

6.   Dans _____ vie, on a toujours besoin de _____ amis.

7.   Il avait tellement mal à _____ tête, qu'il criait de _____ douleur.

8.   La plupart de _____ camarades que j'avais à _____ lycée sont devenus riches.

9.   _____ Danemark, _____ Norvège et _____ Suède forment _____ Scandinavie.

10. Permettez-moi de vous présenter _____ célèbre romancier Pierre Detouches,

     en _____ honneur de qui la Société des Auteurs organise un cocktail _____

     semaine prochaine.

11. _____ musées de _____ Japon ne sont fermés que _____ mardi.

12. A _____ Canada, peu de _____ gens comprennent _____ russe, mais presque

     tout _____ monde parle _____ français.

---

baiser: to kiss, if the part of the body is mentioned; otherwise use *embrasser.*
ne . . . guère: hardly
fin: slender, small
la douleur: the pain, the suffering
le romancier: the novelist
le cocktail: the cocktail party

13. _____ bijoux en _____ or sont plus chers que _____ bijoux en _____ argent.

14. Quand tu iras en _____ France, va à _____ Orléans et à _____ Le Havre.

15. _____ moines vont à _____ messe tous _____ matins.

16. _____ Général de Gaulle a été _____ premier président de _____ Cinquième

République.

17. Ces cachets d'aspirine, que le fabricant vend trois francs _____ douzaine, ne lui

coûtent que dix francs _____ tonne à fabriquer.

18. Qui s'occupe de _____ courrier en _____ absence de votre secrétaire?

19. Je n'ai pas besoin de _____ encouragements, j'ai besoin de _____ augmentation de

salaire que vous m'avez promise.

20. Mes parents m'ont appris à me laver _____ mains avant de me mettre à table.

21. Je n'aime pas tellement _____ campagne; je préfère la voir à _____ cinéma, il y a

moins de _____ moustiques.

22. Quand vous serez à _____ États-Unis, allez à _____ San Francisco en _____

Californie.

23. Ces robes de soie viennent de _____ France, celles-là _____ Japon et celles-ci

de _____ Italie que vous aimez tant.

24. As-tu froid à _____ mains? Pourquoi ne mets-tu pas _____ gants que je t'ai

achetés?

25. Donnez-moi un morceau de _____ pain; je meurs de _____ faim.

26. _____ Venise d'aujourd'hui est toujours la même que _____ Venise d'avant-guerre.

27. Regardez en _____ air, vous verrez un avion dans _____ ciel, juste au-dessus

de _____ église.

---

le bijou: the jewel, the piece of jewelry

le moine: the monk

la messe: the mass

le cachet: the tablet

le courrier: the mail

le moustique: the mosquito

la soie: silk

28. Il s'est cassé _____ bras et on l'a soigné à _____ hôpital.

29. Elle est rentrée _____ manteau déchiré, _____ jupe pleine de taches et _____

cheveux en désordre.

30. Dans cette pension, on a _____ coucher, _____ boire et _____ manger pour

cent francs par _____ semaine; cela permet de faire beaucoup de _____ économies.

---

soigner: to look after, to take care of
déchirer: to tear
la jupe: the skirt
la tache: the stain
la pension: the boardinghouse

II.   Traduire les expressions entre parenthèses:

1.   Ceux qui (need) _____ renseignements, levez (your

hand) _____ s'il vous plaît.

2.   Nous nous réunissons (Friday evenings) _____ pour

prendre (a before-dinner drink) _____ et jouer aux cartes.

3.   Le Boëing 747 qui va (every morning) _____

de (France) _____ (to Mexico) _____ fait escale (in) _____

États-Unis.

4.   (English jokes) _____ sont difficiles à

traduire (into German) _____.

5.   Nous avons (a dozen) _____ œufs, une (pound of) _____

_____ pommes de terre et (two liters of) _____ .

lait; nous n'allons pas (starve to death) _____.

6.   (Ancient history, algebra, and Arabic) _____

_____ sont au programme des lycées égyptiens.

7.   (General) _____, puis-je vous présenter (Doctor Morin) _____

_____, qui est (one of the) _____ plus grands

cardiologues (of) _____ France?

8.   L'émission pour enfants "Les Pierreafeu," passe à la télévision (Sunday mornings)

_____.

---

le renseignement: the information
faire escale: to make a stop (of a ship or a plane)
the joke: la plaisanterie
the pound: la livre
algebra: l'algèbre (f.)

Arabic: l'arabe (m.)
une émission: a (radio or T.V.) program
la pierre à feu: the flintstone
passer: to be shown, to be on (T.V. or radio)

9. Lève (your head) _____ et regarde (up) _____, si tu veux voir l'avion.

10. Il a (too many) _____ complexes et pas (enough) _____ sens

    de l'humour pour faire un bon mari.

11. Avez-vous entendu à (New Orleans) _____

    Jelly-Roll Morton, (a marvelous pianist) _____

    _____, un des géants (of) _____ jazz classique?

12. Les cloches sonnèrent (in honor of the) _____

    victoire, et (most of the) _____ magasins restèrent fermés

    (the whole) _____ journée.

13. Il a commis (many a) _____ vols; (one of them) _____

    _____ lui a coûté trois ans dans une (Cairo prison) _____

    _____.

14. (Monday and Tuesday) _____ je serai absent, mais nous

    pourrons nous rencontrer (Wednesday) _____.

15. (I often feel like) _____ foie gras, mais

    quand on (lack) _____ argent, il faut apprendre à (do without) _____

    _____ choses qui coûtent cher.

---

le géant: the giant
la cloche: the bell
le vol: the theft
se passer de: to do without

III. Justifier l'emploi ou l'omission de l'article défini (oral):

1. Pour réussir, il faut un peu de -- talent et beaucoup de -- chance.

2. Ouvrez *les* yeux et fermez votre grande bouche.

3. Dubois, -- champion de France, et Smith, -- **champion *des* États-Unis, sont les favoris.**

4. Ne confondons pas Dupont, *l'*avocat et Dupont *le* chirurgien.

5. La plupart *des* Québecois parlent -- français.

6. Bien *des* Québecois parlent couramment *l'*anglais.

7. *Les* Pyrénées s'étendent entre *la* France et *l'*Espagne.

8. Il m'a accusé devant tout le monde d' -- incompétence; il manque vraiment de -- tact.

9. En *l'* absence du patron, qui est en -- vacances, je m'occupe *du* courrier.

10. Cet avion fait escale *au* Havre et à Londres avant d'atterrir *aux* États-Unis.

11. Veux-tu voir "*Le* Roi Lear"? J'ai des billets pour -- samedi.

12. *L'*argent ne fait pas *le* bonheur, mais *la* pauvreté encore moins.

13. Je n'ai pas besoin de -- conseils, j'ai besoin *des* renseignements que je t'ai demandés.

14. Avez-vous encore *des* pommes de terre à trois francs *le* kilo?

15. Ils prenaient *l'*apéritif quand il lui a demandé de l'épouser; elle a failli s'étrangler

     de -- surprise.

---

confondre: to confuse
le chirurgien: the surgeon
couramment: fluently
s'étendre: to stretch, to extend

atterrir: to land
le conseil: the advice
faillir + infinitif: to nearly, to almost + infinitive
étrangler: to choke

IV. Traduire en français:

1. On Tuesday afternoons and Thursday evenings most television programs are

   interesting. _____

   _____

   _____

2. The girl opened her large green eyes, slowly raised her right arm, clenched her fist, and

   knocked her fiancé out. _____

   _____

   _____

   _____

3. The jewel thief landed in Havana on Sunday and left for Peru the following day. ——

   _____

   _____

   _____

4. Most men like wine, women, and song, but they have too much work and not enough

   imagination to realize it. _____

   _____

   _____

   _____

   _____

---

to clench the fist: *serrer le poing*
to knock out: *mettre knock-out*
the thief: *le voleur*
to realize: *se rendre compte de*

5. The hotel cooks thought that vegetables must be served after the meat, but one of them, the famous Mr. Cuistaud, did not agree. _____

_____

_____

_____

6. Emperor Napoleon the Third, Queen Victoria, Prince Albert, Chancellor Bismarck, and Pope Pius IX never had tea together. _____

_____

_____

_____

EXERCICES SUPPLÉMENTAIRES

1. Faire des phrases en employant l'article défini:

    a. sous sa forme élidée;
    b. sous ses formes contractées;
    c. devant un nom employé dans un sens général;
    d. devant un nom abstrait;
    e. devant un nom de pays, de continent, de province, etc;
    f. devant le nom d'un jour de la semaine;
    g. devant un titre ou un adjectif qualifiant un nom propre;
    h. devant une expression de quantité;
    i. pour remplacer l'adjectif possessif;
    j. après la préposition *en*.

2. Faire des phrases en omettant l'article défini:

    a. après la préposition *en*;
    b. après la préposition *de* lorsque l'omission s'impose;
    c. avec des noms en apposition;
    d. avec des noms de villes.

HUITIÈME LEÇON : P a r t i e B

I. Ajouter l'article indéfini ou l'article partitif lorsqu'ils s'imposent, en faisant, si besoin, élisions et contractions:

1. Nous avons enfin _____ nouvelles, et _____ excellentes nouvelles, Dieu merci.

2. Il n'y a pas _____ hôpital dans le village, mais il y a _____ infirmerie.

3. Wagner a composé _____ opéras très longs.

4. Wagner a composé _____ nombreux opéras.

5. Il a trois fils: l'aîné est _____ électricien, le cadet est _____ journaliste et le benjamin est _____ peintre assez connu.

6. Avec _____ patience, _____ courage et un minimum _____ intelligence, rien n'est impossible.

7. Il n'a ni _____ patience, ni _____ courage, ni _____ intelligence.

8. Le directeur est _____ français, son adjoint est _____ Anglais.

9. Ce vieillard se déplace avec _____ difficulté; il marche avec _____ canne.

10. Nous n'avons pas besoin de _____ conseils, mais de _____ argent que tu nous dois.

11. S'il ne reste plus _____ journaux, donnez-moi _____ revues.

12. Personne ne peut se passer de _____ amis.

13. Louis XIV ne pouvait plus se passer de _____ conseils de Mme de Maintenon.

14. Ce pauvre enfant n'a plus ni _____ père ni _____ mère.

15. Peut-on s'attendre à _____ changements radicaux avant _____ nombreuses années?

---

l'aîné: the elder, the eldest
le cadet, la cadette: the younger one
le benjamin: the youngest child
un adjoint: an assistant

le vieillard: the old man
se déplacer: to move
la revue: the magazine
s'attendre à: to expect

16. Pour faire _____ omelette, il faut casser _____ œufs.

17. Je peux vous offrir _____ whiskey avec _____ eau gazeuse et _____ glace, ou sans _____ glace, si vous préférez.

18. La France n'a plus _____ colonies, mais elle garde _____ certaine influence dans _____ nombreux pays africains.

19. Parlez-moi _____ poètes protestants _____ XVIe siècle.

20. Nous étions _____ collègues, nous sommes devenus _____ amis.

21. J'ai lu votre rapport avec _____ soin, avec _____ intérêt et avec _____ attention constante.

22. Il n'y a plus _____ sardines, mais il y a _____ œufs durs et _____ jambon.

23. Essaü a vendu son droit d'aînesse pour un plat _____ lentilles.

24. Je suis souvent sorti avec _____ Anglaises, mais jamais avec _____ Canadienne.

25. Le naufragé s'est retrouvé tout seul, sans _____ bout _____ pain, sans _____ gorgée _____ eau.

26. Sans _____ sources d'énergie et sans _____ richesses minières, il n'y a pas _____ industrie lourde possible.

27. On trouve peu _____ chevaux en Sicile, mais on y trouve _____ ânes.

28. Ce ne sont pas _____ chevaux que vous voyez, ce sont _____ mulets, _____ pauvres mulets épuisés.

29. Ses trois fils sont _____ adorables petits garçons.

30. Dans cette région de _____ Mexique, on trouve _____ extraordinaires bas-reliefs mayas et _____ pyramides imposantes.

---

gazeux: carbonated	*la gorgée*: the swallow
le soin: the care	*minière*: mineral
le droit d'aînesse: the birthright	*lourd*: heavy
la lentille: the lentil	*l'âne*: the donkey
le naufragé: the shipwrecked person	*le mulet*: the mule
le bout: the piece	*épuisé*: exhausted

II.   Traduire les expressions entre parenthèses:

1.   Le Sénégal ne produit (neither wheat nor apples) _____,

mais il produit (bananas and rice) _____.

2.   Trouve-t-on (Roman ruins) _____ en Provence?

3.   Le cardinal Newman était (a Protestant) _____ qui s'est

converti (to Catholicism) _____.

4.   Si tu n'as plus (any love) _____ pour moi, as-tu au moins (some affection)

_____?

5.   Je lui ai acheté (oranges) _____ et (apples) _____

_____ car je sais qu'il aime (fruit) _____.

6.   Ça fait (hours) _____ que la foule attend pour voir passer le roi

(of) _____ Maroc.

7.   Il n'y a plus guère (any hope) _____ de retrouver les naufragés.

8.   (Numerous battles) _____ ont été

perdues par (incompetent generals) _____

_____.

9.   Quand son mari est mort, il l'a laissée (without a sou) _____.

10. Est-ce que la reine de Hollande est (a Catholic or a Protestant) _____

_____?

the wheat: *le blé*
the rice: *le riz*
ruins: *les ruines (f.)*
la foule: the crowd
the battle: *la bataille*

11. Ils manquent ([of] the necessary talent) _____ à

    devenir (great musicians) _____.

12. Je ne connais pas beaucoup (children) _____ qui refuseraient un

    (piece of) _____ chocolat.

13. Il y a (years) _____ que les femmes sortent (without a

    hat) _____.

14. Notre laboratoire a reçu (a large number of) _____

    échantillons; (several of the) _____ échantillons venaient (from

    foreign countries) _____.

15. J'ai entendu (some children) _____ parler (African

    languages) _____ à l'École

    Internationale.

---

un échantillon: a sample

III. Justifier l'emploi des différentes formes de l'article souligné (oral):

1. Dans le centre du Brésil, il y a des forêts tropicales et d'énormes marais.

2. Alexandre Dumas père a écrit de nombreux romans, des pièces intéressantes et

    d'amusants récits de voyage.

3. Les chauves-souris ne pondent pas d'œufs; ce ne sont pas des oiseaux.

4. J'aurais pu me passer de conseils, mais pas des sommes que tu m'as prêtées.

5. Si vous voulez vivre longtemps, ne prenez plus ni une goutte de café ni un verre de vin.

6. Le dimanche, des vieilles filles allaient acheter des petits pains au boulanger du coin.

7. Il y a des jours où je ne bois que du vin et d'autres jours où je ne bois que de l'eau.

8. Prends de l'aspirine, ça te fera du bien.

9. Ça fait des mois que je ne reçois plus de lettres du Canada.

10. Pascal était non seulement un écrivain génial, mais aussi un mathématicien de génie.

---

le marais: the swamp
la chauve-souris: the bat
pondre (un œuf): to lay (an egg)
prêter: to lend
la goutte: the drop
le coin: the corner
génial: brilliant

IV.   Traduire en français:

1.   To prepare this Chinese dish, you need (*il faut*) rice, vegetables, meat and oil. _____

   _____

   _____

   _____

2.   After the armistice, Japan was left without an army, without a navy, and without an

   air force. _____

   _____

   _____

3.   For my research, I cannot do without the Bibliothèque Nationale catalogue and other

   reference works. _____

   _____

   _____

4.   In Southern Spain, one sees mules and horses on every country road, but one never

   sees any trucks. _____

   _____

   _____

   _____

Chinese: *chinois*
the dish: *le plat*
the oil: *l'huile (f.)*
to be left without: *rester sans*
the navy: *la marine*

the air force: *l'aviation*
the research: *les recherches*
a work: *un ouvrage*
the truck: *le camion*

5. A literary critic must write literary criticism. _____

   _____

   _____

6. In the town museum there are several Picassos and two Dalis, but there aren't any

   Rouaults. _____

   _____

   _____

7. What the ambassador said was not a lie, and it wasn't propaganda; it was the truth.

   _____

   _____

   _____

8. In an ideal society, there would be schools and hospitals and no prisons. _____

   _____

   _____

   _____

9. The lab director received samples of the minerals to be analyzed. _____

   _____

   _____

10. The samples, wrapped in cotton, arrived from the Philippines in an aluminium box.

   _____

   _____

   _____

---

the lie: *le mensonge*
the propaganda: *la propagande*
to be analyzed: *à analyser*
to wrap: *envelopper*
aluminum: *l'aluminum (m.)*

EXERCICES SUPPLÉMENTAIRES

1. Faire des phrases en employant l'article partitif *de:*

    a. avec un nom complément d'objet d'un verbe au négatif;

    b. devant un adjectif pluriel;

    c. après des expressions construites avec *de* et des expressions de quantité;

    d. avec un attribut déterminé qui joue le rôle d'un adjectif.

2. Faire des phrases en omettant l'article:

    a. après *sans*:

    b. dans des locutions adverbiales composées de la préposition *avec* et d'un nom abstrait;

    c. avec un attribut non déterminé qui joue le rôle d'un adjectif;

    d. avec la conjonction *ni . . . ni . . .*

NEUVIÈME LEÇON : P a r t i e A

I. Mettre l'adjectif entre parenthèses à la forme qui convient:

1. Ce n'est pas nécessairement parce que Jacqueline est tombée (amoureux)

_____ qu'elle est (pensif) _____.

2. Grâce à la liberté de la presse, l'opinion (public) _____ n'est plus

(muet) _____.

3. La (premier) _____ fois que j'ai visité la Maison (Blanc)

_____ j'ai vu le Président, qui m'a fait un (beau) _____ sourire.

4. Les autoroutes (allemand) _____ sont (bon) _____,

mais je trouve les autoroutes (italien) _____ (meilleur).

_____.

5. La police (secret) _____ est toujours (discret) _____.

6. Je prétends, sans (faux) _____ modestie, que ma fille est non seulement

(intelligent) _____, mais (travailleur) _____.

7. Les (ancien) _____ poètes français appelaient leur pays la (doux)

_____ France.

8. Mettre une cravate (vert clair) _____ avec un complet (bleu foncé)

_____? Ça ne se fait pas.

---

grâce à: thanks to
prétendre: to claim, to maintain
travailleur: hard-working
le complet: the suit
foncé: deep, dark

9.   Ma (cher) _____ Isabelle, vous êtes toujours si (élégant)

_____!

10. Les bêtes (sauvage) _____ ne sont pas plus (cruel) _____

que les animaux (domestique) _____.

11. Les Françaises sont (fier) _____ de leur cuisine, et leurs maris en sont (fier)

_____ également.

12. L'Assemblée (général) _____ a décidé que l'instruction (religieux)

_____ serait (facultatif)_____; cela a provoqué

une (vif) _____ émotion dans les journaux (conservateur) _____

_____.

13. Ma sœur est toujours (heureux)_____ de voir la vôtre, qui est son amie la

plus (cher) _____ .

14. Après cette (long) _____ promenade, nous avons tous la gorge (sec)

_____: une boisson (frais) _____ serait la (bienvenu)_____

_____.

15. L' (avant-dernier) _____ pièce de Genêt est (supérieur)

_____ à toutes les (précédent) _____.

16. La (vieux) _____ dame a laissé sa fortune à la Société (Protecteur) _____

_____ des Animaux.

17. Ma confiance en mon (vieux) _____ ami Philippe est (complet) _____

_____ et (total) _____.

18. Tous mes (meilleur) _____ vœux pour le (nouveau) _____

_____ an.

---

facultatif: optional
la gorge: the throat
vif: intense
la boisson: the drink, the beverage
avant-dernier: second to the last, penultimate

19. Comment s'appelle cette (merveilleux)_____actrice (roux) __

    _____ qui joue dans *Les Femmes* (*savant*) _____?

20. Elles sont (gentil) _____, (intelligent) _____,

    (doux) _____; j'espère qu'elles seront (heureux) _____

    dans la vie.

21. Une fumée (épais) _____ et (malsain) _____ sortait

    de la cheminée de l'usine.

22. Dans les (prochain) _____ semaines, nous examinerons *Les*

    Liaisons (*dangereux*) _____ de Laclos, *La Voie* (*royal*) ____

    _____ de Malraux et *La* (*Faux*) _____ *maîtresse* de Balzac.

23. Il faut qu'elles soient (fou) _____ pour faire une bêtise (pareil) _____

    _____.

24. Ce n'est pas parce qu'il est (beau) _____ homme que tu dois l'envier.

25. Quand elle m'a critiqué, elle l'a fait avec **une** délicatesse et un tact (parfait) _____

    _____.

(le) roux, (la) rousse: redheaded; the redhead
épais: thick
malsain: unhealthy, dangerous
une usine: a factory
la voie: the road, the way
pareil: such, like that

II. Faire de courtes phrases en employant les adjectifs suivants a.) au féminin singulier, b.) au

masculin pluriel, c.) au féminin pluriel:

Exemple: long

        a. La route est longue.

        b. Les longs discours m'endorment.

        c. J'ai attendu trois longues heures.

  1. neuf

        a. _____

        b. _____

        c. _____

  2. favori

        a. _____

        b. _____

        c. _____

  3. ambitieux

        a. _____

        b. _____

        c. _____

  4. franc

        a. _____

        b. _____

        c. _____

5. amer

   a. _____

   b. _____

   c. _____

6. inquiétant

   a. _____

   b. _____

   c. _____

7. concret

   a. _____

   b. _____

   c. _____

8. moyen

   a. _____

   b. _____

   c. _____

9. naïf

   a. _____

   b. _____

   c. _____

10. chinois

   a. _____

   b. _____

   c. _____

11. juif

    a. _____

    b. _____

    c. _____

12. flatteur

    a. _____

    b. _____

    c. _____

13. beau

    a. _____

    b. _____

    c. _____

14. cordial

    a. _____

    b. _____

    c. _____

15. gros

    a. _____

    b. _____

    c. _____

16. chrétien

    a. _____

    b. _____

    c. _____

III.   Faire accorder l'adjectif et le placer par rapport au nom:

Exemples: Une maison (beau): <u>Une belle maison</u>

Des instructions (nouveau): <u>De nouvelles instructions</u>

1.   l'année (dernier): _____

2.   un film (grand): _____

3.   une habitude (mauvais): _____

4.   des robes (joli): _____

5.   une romancière (allemand): _____

6.   des voitures (grand): _____

7.   une chanson (beau): _____

8.   la fois (prochain): _____

9.   une idée (génial): _____

10.   la semaine (dernier) d'août: _____

11.   des habitations (luxueux): _____

12.   des cristaux (hexagonal): _____

13.   l'Assemblée (National): _____

14.   monsieur Turlay (pauvre): _____

15.   des uniformes (bleu foncé): _____

16.   une décision tout à fait (déplorable): _____

17.   les conseillers (municipal): _____

18.   des fleurs (extrêmement frais): _____

19.   une chance (incroyable): _____

_____

le romancier: the novelist
génial: inspired; work of genius

20. des souris (gentil, petit, blanc): _____

21. une surprise (bon): _____

22. une cérémonie (religieux, anglican): _____

23. une ville (détruit): _____

24. des statuettes (asiatique): _____

25. des pages (blanc): _____

26. une intrigue bien (construit): _____

27. les Nations (Uni): _____

28. les États- (Uni): _____

29. des étudiantes (doué): _____

30. Colonel Fayard (héroïque): _____

---

la souris: the mouse
blanc: white, blank
une intrigue: a plot
doué: gifted

IV. Employer les expressions suivantes dans des phrases qui montrent que vous en comprenez

le sens (oral):

1. une ancienne église	9. un grand homme
2. une église ancienne	10. un homme grand
3. un brave garçon	11. la même honnêteté
4. un garçon brave	12. l'honnêteté même
5. un certain changement	13. ma propre chemise
6. un changement certain	14. ma chemise propre
7. différentes choses	15. une pauvre femme
8. des choses différentes	16. une femme pauvre

NOM DE L'ÉLÈVE _____ PROFESSEUR _____

V. Traduire en français:

1. My dear Jacques, my dear Jacqueline, you have incredible luck. _____

_____

_____

2. The first four chapters are easier than the two following ones. _____

_____

_____

3. Thanks to a certain little mathematical formula, Einstein revolutionized scientific

thinking. _____

_____

_____

_____

4. A thick and noxious smoke filled the small room where the young journalists were

playing poker. _____

_____

_____

5. In order to reach the famous baroque castle you must take this small and narrow street.

_____

_____

_____

---

the luck: *la chance*
the chapter: *le chapitre*
the formula: *la formule*
to reach: *atteindre; arriver à*

thinking: *la pensée*
to fill: *remplir*
narrow: *étroit*

6. The former Curator of African Arts will teach a course on Bambara sculpture once a

   week. _____

   _____

   _____

   _____

7. The last time I went to a jazz concert was in a brand-new concert hall in New Orleans.

   _____

   _____

   _____

   _____

8. The big blond boy goes out with a really remarkable redhead. _____

   _____

   _____

9. The American millionaire bought his wife two very expensive square diamonds. _____

   _____

   _____

   _____

10. Orson Welles is not only a great American actor, but also a very famous director._____

   _____

   _____

   _____

   _____

Curator: *conservateur*
the concert hall: *la salle de concert*
square: *carré*
the diamond: *le diamant*
the (film or theater) director: *le metteur en scène*

11. Poor Professor Létourdi lost his typewritten notes and can't remember the plot of

    Victor Hugo's first play. _____

    _____

    _____

    _____

    _____

12. The alumnae of various Catholic universities created their own Association. _____

    _____

    _____

    _____

13. The masked ball of the Polytechnic Institute will take place next Friday. _____

    _____

    _____

    _____

14. Paris is a large, noisy modern city; I prefer my little Breton village. _____

    _____

    _____

    _____

15. This is a beautiful painting, I would even say a remarkable painting. _____

    _____

    _____

---

typewritten: *dactylographié*
a plot: *une intrigue*
the alumnus: *l'ancien élève*
the masked ball: *le bal masqué*
to take place: *avoir lieu*
noisy: *bruyant*
the painting: *le tableau*

EXERCICES SUPPLÉMENTAIRES

1. Faire des phrases en employant les adjectifs mentionnés au numéro 29, pp. 91–94 de *L'Essentiel*, au masculin puis au féminin, au singulier, puis au pluriel.

2. Faire des phrases qui montrent que vous comprenez l'usage des adjectifs mentionnés dans les Difficultés de Traduction au numéro 30, pp. 96–97 de *L'Essentiel*.

NEUVIÈME LEÇON : P a r t i e B

I. Faire accorder l'adjectif entre parenthèses et en donner les trois comparatifs (oral):

1. Dans cette famille, les femmes sont (fou) que les hommes.

2. De nos jours, on construit des maisons (spacieux) que par le passé.

3. Ces couleurs-ci ne me semblent pas (vif) que celles-là.

4. Cette année, on porte des jupes (long) que l'année dernière.

5. Vos méthodes commerciales paraissent (moderne) que les nôtres.

6. La terre de Provence est (sec) que celle de Californie.

7. Carrie Nation était-elle (vaniteux) que Louisa May Alcott?

8. Pourquoi jugez-vous les comédies de Hugo (intéressant) que celles de Musset?

9. Je n'ai jamais rencontré d'enfant (moqueur) qu'elle.

10. La production de fer est (important) que celle du charbon.

11. Je n'ai jamais entendu une (bon) interprétation du Concerto de l'Empereur.

12. La cuisine anglaise est (mauvais) que la cuisine allemande.

---

la jupe: the skirt
sec: dry
vaniteux: vain
moqueur: ironic, teasing
le fer: iron
le charbon: coal

II. Faire accorder les adjectifs entre parenthèses et en donner le superlatif de supériorité :

a.) en les plaçant avant le nom, et b.) en les plaçant après le nom:

Exemple: les femmes (jaloux)

a. les plus jalouses femmes

b. les femmes les plus jalouses

1.   la danseuse (gracieux)

a._____

b._____

2.   le (beau) arbre

a._____

b._____

3.   l'enquête (discret)

a._____

b._____

4.   les fourrures (somptueux)

a._____

b._____

5.   les protestations d'amitié (faux)

a._____

b._____

6.   les soirées (frais)

a._____

b._____

---

une enquête: an investigation

la fourrure: the fur

frais: cool

7. nos regrets (profond)

a._____

b._____

8. ta idée (bon)

a._____

b._____

9. la décision (mauvais)

a._____

b._____

10. la journée (court) de l'année

a._____

b._____

III. Faire accorder les adjectifs entre parenthèses, et en donner le superlatif d'infériorité:

Exemple: *Chatterton* n'est pas une pièce géniale, mais c'est (mauvais)

la moins mauvaise de toutes les pièces de Vigny.

1. La violence constitue (bon) _____ solution.

2. Les chaussures (neuf) _____ sont les plus

confortables.

3. Ce sont (amusant) _____

anecdotes du recueil.

4. (Ancien) _____ des cathédrales

normandes date du XVIIIe siècle.

5. Les fourrures synthétiques sont (cher) _____

6. C'est la fille (prétentieux) _____

que je connaisse.

7. J'ai choisi cette solution parce que c'était (mauvais) _____

_____

8. La rue du Chat-qui-pêche est (long) _____ de

Paris.

9. Je considère la démocratie comme (nuisible) _____

_____ des formes de gouvernement.

10. L'Auvergne est la région (développé) _____

_____ de France.

le recueil: the collection (of writings)
nuisible: harmful

IV. Mettre l'adjectif entre parenthèses à la forme qui convient, **en ajoutant si besoin** *que, de* **ou** *à*, selon le cas:

1. Nous ne sommes pas (sûr) _____ les (grand) _____ dames du XVIIIe siècle aient été moins (vertueux) _____ _____ celles du XIXe.

2. Les études de médecine sont plus (long) _____ celles de sciences (économique) _____ .

3. Une (épais) _____ couche de peinture (gris) _____ recouvrait les (rare) _____ fresques qui n'avaient pas été (détruit) _____

4. Les plus (grand) _____ hommes _____ l'histoire sont souvent morts de mort (violent) _____.

5. La façade de cette (vieux) _____ église (roman) _____ est plus (beau) _____ celle de la cathédrale.

6. La chaleur était aussi (étouffant) _____ la veille; la gorge (sec) _____, il se versa un (grand) _____ verre d'eau (glacé) _____ .

7. Les (premier) _____ soixante-dix années de notre siècle ont été les plus (sanglant) _____ l'histoire.

8. Les langues (vivant) _____ sont-elles aussi (expressif) _____ _____ les langues (mort) _____?

---

la couche: the layer
roman: romanesque
***étouffant:* stifling**
la veille: the day before
verser: to pour
sanglant: bloody

9. Je ne sais pas si son explication est (bon) _____ ou (mauvais) _____

_____, mais c'est la plus (cohérent) _____

toutes.

10. Sa modestie n'est pas si (faux) _____ vous le croyez.

11. Les routes (national) _____ sont plus (long) _____

____, plus (large) _____ et plus (droit) _____

les routes (départemental) _____

12. En prêtant trois (vieux) _____ bateaux à Christophe Colomb, la reine

Isabelle n'était pas si (fou) _____ le pensait son mari.

13. Quand elle était (petit) _____ , elle était (obéissant) _____

_____ et (travailleur) _____ ; aujourd'hui, elle est

moins (naïf) _____ et plus (indépendant) _____

14. L'introduction de la poudre en Europe (occidental) _____

est-elle (antérieur)_____ ou (postérieur) _____

_____ celle de l'imprimerie?

15. La peinture (abstrait) _____ est-elle (inférieur) _____

_____ la peinture (figuratif) _____?

---

droit: straight

la poudre: the powder; the gunpowder

l'imprimerie: printing

V. Traduire en français:

1. Certain insects are harmful, others are not. _____

   _____

   _____

2. You (*fam.*) do it yourself; as for us, we are too busy. _____

   _____

   _____

3. Every generation makes the same mistakes as the preceding one. _____

   _____

   _____

4. One day, I got this letter from someone I never heard of. _____

   _____

   _____

   _____

5. All the students thought that such an exam was unfair. _____

   _____

   _____

---

busy: *occupé*
preceding: *précédent*
to hear of: *entendre parler de*
unfair: *injuste*

6. Whatever your political opinions, don't you think that no party should have proposed such a program? _____

_____

_____

_____

_____

7. I warned her many a time. _____

_ _____

8. I don't want just any novel, I want Françoise Sagan's *A Certain Smile*. _____

_____

_____

_____

9. A few minutes later, the whole building was burning. _____

_____

_____

10. Certain of these wines are better than others, but none is perfect. _____

_____

_____

_____

11. Our investigation shows that those people who read the same newspapers have the same opinions. _____

_____

_____

_____

to warn: *prévenir*
the building: *le bâtiment*

12. The preceding day, all the men, all the women, and all the children had been evacuated.

_____

_____

_____

13. This isn't just any vodka I'm pouring you: it costs several hundred kopecks a bottle.

_____

_____

_____

_____

14. Several critics wrote that the whole collection of poems was admirable: such praise does

does not seem justified to me. _____

_____

_____

_____

_____

15. Those countries that produce iron and coal are powerful economically. _____

_____

_____

_____

EXERCICES SUPPLÉMENTAIRES

1. Faire des phrases en employant les formes comparatives et superlatives des adjectifs *bon, mauvais* et *petit*.
2. Faire des phrases en employant les principaux adjectifs indéfinis.

---

to evacuate: *évacuer*
the praise: *la louange*

DIXIÈME LEÇON : P a r t i e A

I. Donner la forme qui s'impose du pronom démonstratif:

1. _____ n'est pas Joséphine qui a donné un fils à Napoléon, _____ est Marie-Louise.

2. Quelle jupe vas-tu mettre, _____ en laine ou _____ en coton?

3. Les citoyens consciencieux sont _____ qui s'intéressent aux affaires publiques.

4. Ce vélo est moins lourd que _____ que j'ai acheté.

5. _____ sont eux qui gagnent plus et _____ est nous qui payons plus d'impôts.

6. Préférez-vous les pièces de Brecht ou _____ d'Ionesco?

7. Louis XIV a dit, paraît-il: "L'État, _____ est moi."

8. Tu as encore dépassé une voiture sans mettre ton clignotant; ne fais plus jamais _____.

9. Regardez _____; savez-vous ce que _____ est?

10. Tu n'aurais pas dû dire _____, _____ est de très mauvais goût.

11. _____ qui m'a donné la recette _____ est ma belle-sœur.

---

la laine: the wool
le vélo: the bike
un impôt: a tax
dépasser: to pass, to overtake (a car)
le clignotant: the directional signal, the blinkers
la recette: the recipe
la belle-sœur: the sister-in-law

12. _____ est moi qu'on a choisi, mais _____ aurait pu être n'importe

   qui.

13. J'ai deux éditions de ce livre: _____ est l'édition originale, et _____

   est une édition annotée.

14. Il ne sait pas _____ qu'il veut: d'abord il demande _____, ensuite

   il demande _____; _____ est un garçon insupportable.

15. J'ai oublié son numéro de téléphone, mais _____ ne fait rien, il est dans

   l'annuaire.

16. Savoir se taire _____ est le secret des diplomates.

17. _____ doit être lui qui nous a dénoncés, mais _____ aurait pu être

   quelqu'un d'autre.

18. Il ne faut pas oublier _____: les films d'Eisenstein sont techniquement

   inférieurs à _____ de Renoir, mais plus intéressants que _____ des

   autres metteurs en scène soviétiques.

19. _____ d'entre vous qui êtes étrangers, levez la main.

20. Je ne sais pas quelles tomates ma femme veut que j'achète: _____ sont moins

   chères, mais _____ me semblent meilleures.

21. Nous avons deux pianos; _____ de ma mère est dans le salon, _____

   de mon frère est dans la chambre d'amis.

22. Les plaines du Middle West sont aussi fertiles que _____ de l'Ukraine.

23. Si tu n'avais pas pu venir _____ aurait été dommage et _____ nous

   aurait fait de la peine.

---

insupportable: insufferable, very trying   *le metteur en scène:* the director
un annuaire (des téléphones): a (phone) book   *la chambre d'amis:* the guest room
se taire: to keep quiet   *faire de la peine à quelqu'un:* to distress someone,
dénoncer: to denounce, to inform on someone   to cause someone grief

24. Est- _____ lui qui a épousé la veuve du général?

25. Mon proverbe favori est _____ : "Partir, _____ est mourir un peu".

26. Mon avis est _____ : partez tout de suite; _____ est possible

    aujourd'hui, mais _____ sera sûrement plus difficile la semaine prochaine.

27. Ce vin-ci est bon, mais je préfère _____ car c'est _____ qui est le

    plus sec.

28. S'il y avait eu moins de moustiques et plus de soleil _____ auraient été des

    vacances formidables.

29. Laurel et Hardy ne se ressemblaient pas: _____ était gros, _____

    était maigre.

30. Les uns prétendent _____ , les autres prétendent _____ , qui faut-il

    croire?

---

le veuf, la veuve: the widower, the widow
un avis: an opinion
sec: dry
le moustique: the mosquito
prétendre: to claim

II. Compléter les phrases suivantes par le pronom, démonstratif ou impersonnel, qui s'impose:

1. _____ doit être mon mari qui m'a envoyé ces roses, mais _____ n'est

    pas certain.

2. Bien que _____ me fasse beaucoup de peine, _____ faut que je te

    quitte pour toujours.

3. Quelle heure est- _____? _____ est trois heures moins vingt.

4. Si l'on industrialise la région, _____ sera une catastrophe. _____

    vaudra mieux la quitter, car _____ deviendra impossible d'y vivre tranquille;

    _____ est dommage, mais _____ est comme ça.

5. "Vous allez, paraît- _____, aller en Afrique?" — "_____ est exact,

    mais _____ me semble que je vous l'ai déjà dit".

6. Vous êtes _____ de mes collègues qui a dit du mal de moi, n'est- _____

    pas?

7. _____ est bien connu que ceux qui parlent beaucoup n'ont souvent rien à

    dire.

8. _____ est en 1960 que Maria Callas a chanté "La Traviata," _____

    me semble.

9. _____ est regrettable que vous ne sachiez pas vous taire.

10. Ce rapport-ci affirme que la situation économique s'améliore; _____ prétend

    qu'elle empire; lequel faut- _____ croire?

---

quitter: to leave
s'améliorer: to improve
empirer: to worsen

III. Récrire les phrases suivantes en employant *ce + être + qui* ou *ce + être + que* selon le cas,

pour mettre en valeur les expressions soulignées:

Exemples: <u>Jean</u> parle à Marie. C'est <u>Jean qui</u> parle à Marie.

Jean parle <u>à Marie</u>. C'est <u>à Marie que</u> Jean parle.

1. J'ai rencontré <u>la directrice</u> sur les Champs-Élysées. _____

_____

_____

2. J'ai rencontré la directrice <u>sur les Champs-Élysées</u>. _____

_____

_____

3. Êtes-<u>vous</u> l'auteur de ce chef-d'œuvre? _____

_____

4. Nous avons rendez-vous <u>à midi</u>. _____

_____

5. <u>Savoir se taire</u> est difficile. _____

_____

6. J'ai perdu <u>mon alliance</u>. _____

_____

7. Ils n'arriveront <u>pas avant la semaine prochaine</u>. _____

_____

_____

---

une alliance: a wedding ring

8. Georges Pompidou est le successeur de De Gaulle. _____

_____

_____

9. Il faut construire soit un pont soit un tunnel. _____

_____

_____

10. Votre proposition nous paraît la plus intéressante._____

_____

_____

IV. Remplacer les mots soulignés par la forme adéquate du pronom démonstratif (oral):

1. Ce vélo-ci est plus rapide que ce vélo-là, et c'est le vélo que je vais acheter.
2. Les Francophones du Nouveau Monde se divisent entre les Francophones qui habitent le Canada et les Francophones qui habitent les Antilles.
3. Qui sont Rossellini et Fellini? Rossellini et Fellini sont de célèbres metteurs en scène italiens.
4. Cette région-ci est plus industrialisée que cette région-là.
5. L'art de l'Afrique noire est aussi expressif que l'art de l'Europe occidentale.
6. Les moustiques anophèles sont les moustiques qui transmettent la fièvre jaune.
7. Il pleut; qu'il pleuve ne fait rien, j'ai un parapluie, et toi, tu n'as qu'à prendre le parapluie de ton oncle.
8. Je vous présente M. et Mme Chaumais; M. et Mme Chaumais sont nos amis les plus chers.
9. La pâte dentifrice Balmir est la pâte dentifrice que recommandent trois dentistes sur quatre.
10. Il neige; qu'il neige n'est pas surprenant en décembre.

---

le Francophone: the French speaker
la pâte dentifrice: the toothpaste

V.   Traduire en français:

1.   Napoleon's widow married Neipperg, didn't she? _____

_____

_____

2.   She doesn't agree with me; that's too bad, but that's the way it is._____

_____

_____

3.   It isn't Louis the Fourteenth who said: "To leave is to die a little"; what he said was:

"I am the State." _____

_____

_____

_____

4.   You (fam.) want this, you want that, you want everything you see, don't you? _____

_____

_____

5.   My car is faster than the one we just passed. _____

_____

_____

6.   He shouldn't have left, that's true; but it is also true that you should not have been

late. _____

_____

_____

_____

great: *formidable*

7. It is possible that her number is in the telephone book, but it is not probable. _____

_____

_____

_____

_____

8. If it hadn't rained, it would have been a great vacation. _____

_____

_____

9. Which wedding ring do you like better, the gold one or the silver one? _____

_____

_____

10. I prefer Chartres' cathedral to Strasbourg's. _____

_____

_____

11. You forgot to turn on your blinkers; never do that again. _____

_____

_____

_____

12. It is they who are not afraid of telling the truth. _____

_____

_____

13. These two editions are good, but this one is annotated and that one isn't._____

_____

_____

_____

14. The one who asked me for the recipe is my daughter-in-law. _____

_____

_____

15. It is true that you (fam.) pay a lot of taxes, but it seems to me that's inevitable. _____

_____

_____

_____

EXERCICES SUPPLÉMENTAIRES

1.   Faire des phrases pour illustrer les différents emplois du pronom démonstratif *ce*.
2.   Faire des phrases en employant les expressions *ce + être + qui* et *ce + être + que*.

DIXIÈME LEÇON : P a r t i e B

I. Traduire les expressions entre parenthèses:

1. **A propos d'opinions politiques, (hers)** _____ sont moins

naïves que (yours) _____.

2. Les petits Français apprennent que (their) _____ ancêtres les Gaulois

avaient (blue eyes) _____ et (blond hair) _____

_____.

3. Chacun de nous a (his) _____ auteur préféré: (mine) _____

est Balzac, Proust est (yours) _____ et c'est Simone de Beauvoir

qui est (hers) _____.

4. Tous les maris sont insupportables, sauf, bien entendu, (yours [fam.]) _____

_____ et (mine) _____.

5. Comparées (to yours) _____, (my) _____ ambitions sont

modestes.

6. Tout le monde a des ancêtres: (mine) _____ étaient des paysans,

(yours [fam.]) _____ des bourgeois, (hers) _____

_____ des nobles.

à propos de: as for, talking about
emprunter: to borrow
le paysan: the peasant

7. Il a emprunté (my) _____ cravate et (your [fam.]) _____ eau de cologne,

il s'est fait couper (his) _____ cheveux: il doit être amoureux.

8. Lorsqu'on porte l'uniforme, doit-on obéir à (one's) _____ chefs, quels que soient

(their) _____ ordres?

9. (Her) _____ proverbe favori est: "(My) _____ verre est petit, mais je bois

dans (my) _____ **verre.**"

10. D'après la loi coranique, l'homme a le droit de répudier (his) _____ femme et de la

renvoyer chez (her people) _____.

11. (Our) _____ gouvernement a donné l'ordre à (our) _____ diplomates

de rejoindre (their) _____ poste.

12. Je veux bien t'aider, mais il faut aussi que tu (cooperate) _____

_____.

13. Si tu veux voir un Boëing 747, lève (your) _____ tête et ouvre (your) _____

yeux.

14. Tous les pays n'ont pas la même cuisine; chacun a (his) _____.

Les Français pensent que (their) _____ est la meilleure de toutes.

15. On ne doit pas empêcher (one's) _____ enfants d'exprimer (their) _____

opinions.

16. L'Université de Paris a encore (been up to its old tricks) _____

_____: ils ont perdu mon dossier.

17. (My) _____ collègues sont sympathiques, et (yours) _____?

---

d'après: according to
coranique: of the Koran
coopérer: to cooperate
empêcher: to prevent
le dossier: the file

18. Tu crois peut-être que je t'ai épousé pour le plaisir de repasser (your shirts, pants, and handkerchiefs) _____

    _____?

19. La différence entre ces deux objets d'art est que (mine) _____ est

    une copie et (yours) _____ est un original.

20. Pour être sûr de réussir dans la vie, il faudrait avoir (your [fam.]) _____ chance,

    (his) _____ fortune et (my) _____ santé.

21. (His) _____ étonnante réussite ne se compare pas à (my) _____ modestes

    succès.

22. Avez-vous fait la connaissance de (her) _____ insupportable belle-mère?

23. Les Bédouins parcourent le désert avec (their) _____ famille, (their)

    _____ serviteurs et (their) _____ troupeaux.

24. Tout le monde admire (her [stressed]) _____ beauté _____ et (his

    [stressed]) _____ courage _____.

25. Quand ma femme veut se moquer de moi, elle m'appelle: ("My lord and master")

    _____.

---

la chemise: the shirt   parcourir: to travel through
le mouchoir: the handkerchief   le troupeau: the herd
repasser: to iron   se moquer de: to make fun of
la chance: the luck   the lord: le seigneur
étonnant: astonishing   the master: le maître
la belle-mère: the mother-in-law

II.   Remplacer les expressions suivantes par le pronom possessif qui leur correspond.

Exemples: mon livre: <u>le mien</u>

leurs amis: <u>les leurs</u>

1.	notre imagination _____	11.	votre peau _____
2.	tes alliés _____	12.	leurs insomnies _____
3.	votre succès_____	13.	ta responsabilité_____
4.	mon ambition _____	14.	tes expériences _____
5.	son grenier _____	15.	leur troupeau_____
6.	ses talents_____	16.	vos remarques _____
7.	notre marine _____	17.	mes vœux _____
8.	son bétail _____	18.	mon dossier _____
9.	ton institutrice _____	19.	leur technique_____
10.	nos buts_____	20.	mes recherches _____

le grenier: the attic
la marine: the navy
le bétail: the cattle
le but: the goal
la peau: the skin
le vœu: the wish
les recherches (f.): the research

III. Traduire en français:

1. Think about your responsibilities, and I'll think about mine._____

    _____

    _____

2. The Parisian students acted up last night: they painted Voltaire's statue red._____

    _____

    _____

    _____

3. If you cooperate, we'll be able to sign the contract very soon. _____

    _____

    _____

    _____

4. A good spy keeps his ears and his eyes open, and his mouth shut. _____

    _____

    _____

    _____

5. The Bedouin's widow went back to her own people, taking her servants and her cattle

    with her. _____

    _____

    _____

    _____

_____

a spy: *un espion*

6. The workers went on strike because one of their number was fired unjustly. _____

_____

_____

_____

_____

7. When one has eyes as delicate as mine, one never forgets to put on one's sunglasses. __

_____

_____

_____

_____

8. With your (fam.) talent and my wealth, our factory will soon be larger than theirs.___

_____

_____

_____

_____

9. Take off your (fam.) shirt, I'll iron it . . . and I don't ever want to see you with your

sleeves rolled up again. _____

_____

_____

_____

---

to go on strike: *se mettre en grève*
to fire: *renvoyer*
unjustly: *injustement*
the sunglasses: *les lunettes de soleil*
a factory: *une usine*
to take off: *enlever*
the rolled-up sleeve: *la manche retroussée*

10. I admire her talent, her imagination, and her knowledge; her research is as interesting

as your own._____

_____

_____

_____

_____

EXERCICES SUPPLÉMENTAIRES

1. Faire des phrases en employant:

a. les différentes formes de l'adjectif possessif;
b. *on* comme possesseur avec les différents adjectifs possessifs possibles.

2. Faire des phrases en employant:

a. les différentes formes du pronom possessif;
b. les pronoms possessifs contractés avec *à* et *de*;
c. les expressions idiomatiques signalées dans les Difficultés de traduction, p. 117
de *L'Essentiel.*

ONZIÈME LEÇON : Partie A

I. Récrire les phrases suivantes en remplaçant les propositions soulignées par des propositions incises:

Exemple: Il me demanda: "Comment vas-tu?"

"Comment vas-tu?," me demanda-t-il.

1.   Ils criaient: "Au secours!" _____

_____

2.   Il dira certainement: "Moi, j'accepte avec plaisir." _____

_____

_____

3.   Elle s'écria: "Mon Dieu, ayez pitié de moi!" _____

_____

_____

4.   J'aurais pu ajouter: "Et d'ailleurs, je n'en ai pas envie." _____

_____

_____

5.   Elles répondront: "Ça nous est égal." _____

_____

---

s'écrier: to cry out
au secours! : help!
ajouter: to add
ça m'est égal: I don't care, it's all the same to me

6. Je me suis demandé: "Qu'est-ce qu'elle veut dire?" _____

_____

_____

7. Il me demandait souvent: "Papa, raconte-moi une histoire." _____

_____

_____

8. Elle lui murmura à l'oreille: "C'est toi que j'aime." _____

_____

_____

9. Je lui répondrai: "Vous vous trompez, personne n'a dit du mal de vous." _____

_____

_____

_____

10. Elle leur disait: "Ayez confiance en moi." _____

_____

11. Elles nous répétaient: "Ne vous en faites pas, tout finira par s'arranger." _____

_____

_____

_____

12. Tu te diras un jour: "Mon père avait raison." _____

_____

_____

---

s'en faire: to worry about (something)

13. Il répliqua: "Ça ne te regarde pas." _____

_____

14. Ils affirmaient: "Nous en sommes certains." _____

_____

15. Elle prétendait: "Je ne leur ai rien dit." _____

_____

ça ne me regarde pas: it is none of my business
prétendre: to claim

II.   Traduire les expressions entre parenthèses par le pronom personnel qui s'impose:

1.   Que dois-je faire pour (you [fam.]) _____ rendre heureuse?

2.   Il y a deux synagogues à Séville; je (them) _____ ai visitées l'année dernière.

3.   Lui, journaliste? Il (it) _____ prétend, mais ce n'est pas vrai.

4.   Personne ne (us) _____ écoute.

5.   Si cette cravate (you) _____ plaît, achetez- (it) _____.

6.   Ne (them) _____ méprisons pas.

7.   Ouvrez le journal et lisez- (it) _____ à haute voix.

8.   On peut (it) _____ penser, mais il ne faut pas (it) _____ dire.

9.   (Me) _____ avez-vous compris?

10. Tu (them) _____ reconnaîtras facilement.

11. La Vénus de Milo est au Louvre, où les visiteurs viennent (her) _____ regarder

     et (her) _____ admirer; mais il est défendu de (her) _____ photographier.

12. Tais- (yourself) _____ et écoute- (me) _____.

13. Sa vie privée ne (you [fam.]) _____ regarde pas.

14. Les paranoïaques prétendent qu'on (them) _____ persécute.

15. Les rues de Genève sont très propres; je (that) _____ dis parce que je (them)

     _____ ai vues moi-même.

_____

mépriser: to despise
à haute voix: aloud
défendu: forbidden
se taire: to keep quiet
sentir: to smell

III.   Traduire les expressions entre parenthèses par le pronom personnel qui s'impose:

1.   Quel hôtel (to you [fam.]) _____ a-t-il recommandé?

2.   Parlez- (to her) _____ fort, elle est un peu sourde.

3.   Si tu veux qu'il (to you) _____ réponde, il faut que tu (to him) _____

       poses la question.

4.   J'ai dû (to them) _____ traduire le menu: ils ne lisent pas le français.

5.   Est-ce que vous (to me) _____ avez rendu mes clés?

6.   Ne (to them) _____ dis pas que ça t'est égal.

7.   Un grand nombre de lecteurs (to us) _____ ont écrit pour nous féliciter.

8.   Au lieu de (to her) _____ répondre, ils (to her) _____ ont dit que ça ne

       la regardait pas.

9.   Connais-tu la chanson qui s'intitule: "Parlez- (to me) _____ d'amour"?

10.   Il (to them) _____ donne de bons conseils.

11.   Qui (to you [fam.]) _____ a appris à mépriser l'argent?

12.   Tous les enfants aiment qu'on (to them) _____ raconte des histoires.

13.   Elle ne (to you [fam.]) _____ reproche rien; tu as mal compris ce qu'elle

       (to you) _____ a dit.

14.   Pourquoi (to her) _____ **as-tu prêté ma voiture?**

15.   Les filles du sénateur Barbier sont à Paris; je (to them) _____ ai téléphoné, et

       je (to them) _____ ai promis de (to them) _____ montrer la maison de

       Balzac.

---

sourd: deaf
féliciter: to congratulate
le conseil: the advice
prêter: to lend

16. Je (to her) _____ ai présenté mon frère, mais elle a refusé de (to him) _____

tendre la main.

---

tendre la main: to offer one's hand, to shake hands

IV. Récrire les phrases suivantes en employant, lorsque c'est possible, les pronoms adverbiaux *en* et *y*, selon le cas:

Exemple: Nous allons au théâtre. Nous y allons.

1. Je ne vous demande pas d'explications. _____

_____

2. Nous comptons sur votre présence. _____

3. Personne ne doute de votre honnêteté. _____

_____

4. On construira un immeuble sur ce terrain vague. _____

_____

5. Les Grecs sont fiers de leur passé. _____

_____

6. La Croix Rouge s'occupe d'organiser les secours. _____

_____

7. La Croix Rouge continue à organiser les secours. _____

_____

8. Il a réussi à trouver une place. _____

_____

9. Il a réussi à trouver une place. _____

10. Je vous conseille de trouver une place. _____

_____

---

compter: to intend; *compter sur*: to count on
un immeuble: a building
le terrain vague: the vacant lot
fier: proud
la place: the job

11. Il faut du courage pour aller au pôle nord. _____

   _____

12. Je parie que le dossier est dans le bureau du directeur. _____

   _____

13. Elle s'est aperçue de votre absence. _____

   _____

14. Mes parents ne s'intéressent pas à la politique. _____

   _____

15. Les athées ne croient pas à l'existence de Dieu. _____

   _____

16. En France, on mange des escargots. _____

   _____

17. Je refuse de manger des escargots. _____

   _____

18. On respire un air pollué dans les villes industrialisées. _____

   _____

19. Comptez-vous servir du champagne? _____

   _____

20. Je réfléchirai à ce que vous m'avez dit. _____

21. Les ouvrières ont appris à se servir des nouvelles machines. _____

   _____

---

parier: to bet
s'apercevoir de quelque chose: to notice
   something
un escargot: a snail
respirer: to breathe
se servir de: to use

22. J'ai passé la nuit à préparer ma feuille d'impôts. _____

_____

23. J'ai commencé à préparer ma feuille d'impôts. _____

_____

24. Elle sortit du grand magasin chargée de paquets. _____

_____

25. L'eau de cette rivière n'est pas potable. _____

_____

---

la feuille d'impôts: the income tax return
le grand magasin: the department store
chargé: laden

V. Traduire en français:

1. I've had enough! If no one wants to take care of it, I'll do it myself. _____

    _____

    _____

    _____

2. They will show you (fam.) the city; they were born there and they know it very well.

    _____

    _____

    _____

3. There she is; if she intends to go away without saying goodbye to us, I don't care. ____

    _____

    _____

    _____

4. Jean-Pierre and Micheline were just married; I know it because they told me themselves.

    _____

    _____

    _____

    _____

5. I left my change on the table; but it isn't there any more. Did you take it? _____

    _____

    _____

    _____

---

to intend: *compter, avoir l'intention de*

change: *la monnaie*

6. I spoke about it to all my friends and I thought about it for a long time before making up my mind. _____

_____

_____

7. They told her that I had promised them we wouldn't serve snails. _____

_____

_____

_____

8. "Listen to me," he said, "it's none of my business, I know that, but I bet you are less naïve than you seem to be." _____

_____

_____

_____

_____

9. I don't ask you to despise them, but you shouldn't congratulate them either; they don't deserve it. _____

_____

_____

_____

10. I know Tokyo very well; I've just come back after having spent a month there. _____

_____

_____

_____

to make up one's mind: *décider, se décider à*
to deserve: *mériter*

EXERCICES SUPPLÉMENTAIRES

1. Faire des phrases dans lesquelles le pronom personnel complément d'objet direct *le* remplace:

   a. un nom masculin de personne ou de chose;
   b. une proposition;
   c. un adjectif.

2. Faire des phrases en employant le pronom personnel réfléchi placé:
   a. devant le verbe;
   b. après le verbe.

3. Faire des phrases en employant les pronoms adverbiaux *en* et *y* dans les divers cas signalés au numéro 38 E et F, pp. 123–126 de *L'Essentiel.*

ONZIÈME LEÇON : P a r t i e B

I.   Traduire les expressions entre parenthèses:

1. Ma femme et (me) _____ serions heureux de vous avoir à dîner.

2. Je te l'ai dit mille fois: il n'y a que (you [fam.]) _____ que j'aime; maintenant,

laisse- (me) _____ tranquille.

3. Ce ne peut pas être (him) _____ le prochain ambassadeur au Guatemala, puisque

c'est (me) _____.

4. On doit respecter les personnes plus âgées que (oneself) _____.

5. Ce n'est pas mon tour, c'est à (them, masc.) _____ de jouer, et ensuite ce sera à

(you) _____.

6. – "Qui est là, c'est (you [fam.]) _____?" – "Bien sûr, c'est (me) _____."

7. Il est difficile de respecter autrui quand on ne se respecte pas (oneself) _____.

8. L'hôtel Georges V n'est ni pour (you [fam.]) _____ ni pour (me) _____,

nous ne sommes pas assez riches.

9. Quel plaisir de rester chez (oneself) _____ quand il fait mauvais temps!

10. Est-ce (you [fam.]) _____ qu'on appelle "La Terreur du Texas"?

11. (You [fam.]) _____ et (me) _____, nous comprenons la plaisanterie, mais

(them, [masc.]) _____, ils n'ont aucun sens de l'humour.

12. (He) _____, qui s'ennuyait encore plus que (me) _____, bâillait toutes les

trois minutes.

---

autrui: others, other people

la plaisanterie: the joke; *comprendre la plaisanterie*: to be able to take a joke

s'ennuyer: to be bored

bâiller: to yawn

13. Nous passons le week-end chez (them [masc.]) _____; veux-tu venir avec

(us) _____?

14. (Neither he nor I) _____ ne nous entendons avec (them [fem.])

_____.

15. On n'est jamais mieux servie que par (oneself) _____.

---

s'entendre avec: to get along with, to come to an agreement with

II. Récrire les phrases suivantes en remplaçant les mots soulignés par une expression équivalente:

Exemple: J'ai mis un franc dans le parcomètre.
J'ai mis un franc dedans.

ou

J'y ai mis un franc.

1. Ne dites pas de mal de vos collègues. _____

_____

2. Les critiques ont dit beaucoup de mal de ma dernière pièce. _____

_____

3. Plusieurs de ces plaisanteries sont assez osées ._____

_____

4. Elle n'est pas chez elle. _____

5. Peut-on se fier à Philippe? _____

_____

6. Peut-on se fier à sa parole? _____

7. Deux de nos camarades ont été blessés._____

_____

8. C'est à Waterloo que Napoléon a été vaincu. _____

_____

9. Napoléon a été vaincu à Waterloo. _____

_____

---

le parcomètre: the parking meter
osé: racy, daring
se fier à: to trust
blessé: wounded

10. Méfiez-vous des tournants de l'autoroute A-6. _____

    _____

11. Méfiez-vous des blousons noirs en rentrant le soir. _____

    _____

12. Ils tiennent à leurs privilèges. _____

13. La duchesse tient à son cuisinier. _____

    _____

14. Il faut se présenter au commissariat de police avant quinze heures. _____

    _____

    _____

15. C'est leur tour. _____

---

se méfier de: to watch out for, to be on one's
    guard for
le tournant: the curve
le blouson noir: the juvenile delinquent (lit.:
    the black jacket)
tenir à: to value, to prize
se présenter: to report
le commissariat de police: the police station

III. Remplacer les expressions soulignées par le pronom personnel qui s'impose, par *y*, ou par *en* (oral):

1. J'espère qu'il me montrera sa voiture.

2. C'est au directeur qu'il faut s'adresser.

3. Je parlerai de votre projet à mes associés.

4. Je parlerai de votre projet à mes associés.

5. Je parlerai de votre projet à mes associés.

6. Elle a oublié de rendre la monnaie à la cliente.

7. Elle a oublié de rendre la monnaie à la cliente.

8. Elle a oublié de rendre la monnaie à la cliente.

9. Comptez-vous servir du champagne à vos invités?

10. Comptez-vous servir du champagne à vos invités?

11. Comptez-vous servir du champagne à vos invités?

12. Vous trouverez de l'aspirine dans une pharmacie.

13. Vous trouverez de l'aspirine dans une pharmacie.

14. Vous trouverez de l'aspirine dans une pharmacie.

15. J'ai demandé à Pierre de ne pas raconter de plaisanteries osées.

16. J'ai demandé à Pierre de ne pas raconter de plaisanteries osées.

17. J'ai demandé à Pierre de ne pas raconter de plaisanteries osées.

18. J'ai demandé à Pierre de se taire.

19. Nous avons rendez-vous avec les Charlier devant le Panthéon.

20. Nous avons rendez-vous avec les Charlier devant le Panthéon.

21. Nous avons rendez-vous avec les Charlier devant le Panthéon.

22. Vous ne pouvez pas me comparer à votre frère.

23. On a découvert du pétrole dans la mer du Nord.

---

s'adresser: speak to

24. On a découvert du pétrole dans la mer du Nord.

25. On a découvert du pétrole dans la mer du Nord.

26. Montrez-moi votre passeport.

27. Je vous demande de me montrer votre passeport.

28. Montrez votre passeport au douanier.

29. Montrez votre passeport au douanier.

30. Je te présenterai mes amies.

31. Je te présenterai à mes amies.

32. Présentez-moi à vos amies.

33. Présentez-moi vos amies.

34. Parlez de votre projet à mes associés.

35. Parlez de votre projet à mes associés.

36. Parlez de votre projet à mes associés.

37. Rendez la monnaie à la cliente.

38. Rendez la monnaie à la cliente.

39. Rendez la monnaie à la cliente.

40. Accompagnons nos amis à la gare.

41. Accompagnons nos amis à la gare.

42. Accompagnons nos amis à la gare.

43. Je me moque de vos objections.

44. Est-ce que tu t'ennuies à la campagne?

45. Ne me parlez plus de ce restaurant!

46. Ne me parlez plus des Dumont!

---

le douanier: the customs official
se moquer de: to make fun of, to not care about

IV.   Mettre les propositions affirmatives au négatif et vice-versa:

1.   Passe-moi la moutarde! _____

2.   Envoyez-leur votre manuscrit!_____

_____

3.   Ne lui en parlez pas!_____

4.   Prêtez-la moi!_____

5.   N'en parlez pas aux Barrère!_____

6.   Coiffe-toi!_____

7.   Présentez-vous à lui!_____

_____

8.   Allons-y!_____

9.   Montrez-les-leur!_____

10.   Ne me la décrivez pas!_____

---

la moutarde: the mustard
se coiffer: to comb one's hair

V. Traduire en français:

1. It is not enough to think of me; you should send me a letter once in a while._____

   _____

   _____

   _____

2. Bachelors eat in restaurants, but when one is married, one generally dines at home.

   _____

   _____

   _____

   _____

3. She gave me a small package; I wonder what is in it._____

   _____

   _____

4. My four partners left with him, but three of them will come back with me at the end

   of the week._____

   _____

   _____

   _____

_____

once in a while: *de temps en temps*
the bachelor: *le célibataire*
the package: *le paquet*
to wonder: *se demander*
a partner: *un associé*

5. He gets along neither with you (fam.) nor with me; but for them (masc.), he would do just anything. _____

_____

_____

6. My brother? Go to Emile's; you will probably find him there, but don't tell him I told you where to find him. _____

_____

_____

_____

_____

7. When one can't do anything oneself, one should at least not criticize others. _____

_____

_____

_____

8. What are you thinking about? If it is about your work, think about it less and think about me a little more. _____

_____

_____

_____

9. One shouldn't make fun of one's professors, even when they make one yawn. _____

_____

_____

_____

just anything: *n'importe quoi*
to criticize: *critiquer*

10. Beware (fam.) of them (masc.): if you introduce your fiancée to them, they will tell

her bad things about our family. _____

_____

_____

_____

EXERCICES SUPPLÉMENTAIRES

1. Faire des phrases en employant le pronom personnel tonique:

a. après le verbe *être*;

b. après *ne + verbe + que*;

c. après *que* dans une comparaison;

d. avec un autre pronom ou un nom;

e. après une proposition relative.

2. Faire des phrases en employant le pronom *soi*.

3. Faire des phrases sur le modèle des schémas 1 et 2, pp. 131 et 132 de *L'Essentiel*.

---

to beware: *se méfier de, prendre garde à*

DOUZIÈME LEÇON : P a r t i e A

I. Donner la forme qui s'impose du pronom relatif:

1. Les théories (which) _____ Freud a formulées ont révolutionné la médecine.

2. As-tu jamais acheté le vin (which) _____ nos amis Fournel nous ont

    recommandé?

3. L'article (which) _____ m'a intéressé le plus est celui (which) _____ vous

    avez intitulé "La Révolution féministe."

4. Les sauvages parmi (whom) _____ il vit sont animistes.

5. Gallimard est l'éditeur (who) _____ publie Hemingway en France.

6. (What) _____ m'impressionne, c'est la qualité des produits japonais.

7. *Le Petit Prince* est un conte (which) _____ n'est pas un chef-d'œuvre, mais

    (that) _____ les enfants lisent avec plaisir.

8. Voici les cartes sans (which) _____ il serait dangereux de faire le

    voyage au Pérou (that) _____ vous projetez.

9. (What) _____ est amusant, c'est qu'il croit tout (which) _____ on

    lui dit.

10. Le médecin (whom) _____ j'ai consulté n'a pas compris (what) _____

    m'a rendu malade.

---

un éditeur: a publisher
le conte: the short story
le chef-d'œuvre: the masterpiece
projeter: to plan

11. As-tu compris (what) _____ je veux dire?

12. La tribu sur (which) _____ l'éthnologue fait des recherches est celle (which) _____ on appelle Nambikwara.

13. La maison (which) _____ vient de brûler est celle (which) _____ je comptais acheter.

14. Il est difficile de savoir (what) _____ elle reproche à son mari.

15. Les moyens par (which) _____ on réussit ne sont pas toujours les plus moraux.

16. Le juge devant (whom) _____ nous avons comparu est celui (who) _____ écrit des romans policiers.

17. Si tu ouvres l'album (in which) _____ je colle mes photos, tu y trouveras celles (which) _____ tu as prises l'été dernier.

18. Elle n'a pas accepté mon invitation, (in which) _____ elle a eu tort.

19. Si tu étais ouvrier, tu comprendrais (against what) _____ _____ le syndicat proteste.

20. Je vais me coiffer, après (which) _____ je me raserai, (which) _____ je déteste, car j'ai la peau très sensible.

---

deviner: to guess
compter: to intend
reprocher: to have against, to reproach
le moyen: the means
comparaître: to appear
le roman policier: the detective story

coller: to stick, to glue
le syndicat: the trade union
se coiffer: to comb one's hair
se raser: to shave
la peau: the skin

NOM DE L'ÉLÈVE _____ PROFESSEUR _____

II.   Donner toutes les formes possibles du pronom relatif qui convient:

Exemple: J'ai téléphoné au médecin (of whom) <u>dont</u> <u>(de qui)</u> <u>(duquel)</u> tu m'as parlé.

1.   Laënnec est le médecin (to whom) _____ nous devons

l'invention du stéthoscope.

2.   Le travail (of which) _____ vous m'avez chargé n'est pas

encore fini.

3.   Comment s'appelle ce dentiste (of whom) _____

tout le monde chante les louanges?

4.   As-tu réussi à comprendre (to what) _____ il faisait

allusion?

5.   Je voudrais bien savoir (about what) _____ tu

penses.

6.   Pourquoi acheter (that of which) _____ on peut

se passer?

7.   Je vais prendre des vacances (of which) _____

_____ j'ai bien besoin.

8.   On vous fera savoir la date (at which) _____ vous devrez

comparaître devant le tribunal.

9.   La province (of which) _____ nous parlons réclame

son autonomie.

10.   Vous ne pouvez pas lui refuser la prime (to which) _____

il a droit.

---

charger de: to entrust with   *le tribunal*: the law court
la louange: the praise   *réclamer*: to demand
se passer de: to do without   *la prime*: the bonus

11. Comment s'appellent les Indiens (of whom) _____

    _____ tu étudies la langue?

12. Le couple (to whom) _____ l'orphelin a été confié a déjà

    deux enfants.

13. Nous comptons vous exposer demain le projet (of which) _____

    _____ nous sommes si fiers et (to which) _____

    _____ nous tenons tellement.

14. Il m'a félicité, (which) _____ je m'attendais.

15. L'anthologie (to which) _____ je contribuerai des poèmes

    sera publiée l'année prochaine.

16. Les machines (of which) _____ vous pensez sont

    fabriquées en Angleterre.

17. Les jeunes filles (of whom) _____ vous

    pensez sont françaises.

18. Les jeunes filles (of whom) _____ tu feras la

    connaissance sont celles (to whom) _____ on

    m'a présenté hier.

19. La millionnaire (of whom) _____ notre

    compagnie assure les bijoux projette un voyage; (that which) _____

    _____ elle a peur, c'est qu'on les lui vole.

20. Plusieurs personnes, (among whom) _____ on

    remarquait un prêtre et un militaire, quittèrent la salle.

---

confier: to entrust

tenir à: to hold dear, to consider important, to value

s'attendre à: to expect

le bijou: the jewel, the piece of jewelry

voler: to steal

le prêtre: the priest

III. Dans les phrases suivantes, remplacer, lorsque c'est possible, *de qui, duquel*, etc., par *dont*. Dans les cas où la substitution est impossible, expliquer pourquoi (oral):

1. Jeanne d'Arc, *de qui* l'église a fait une sainte, naquit en 1412.

2. Le général Marcellier, *de qui* je suis le petit-fils, a perdu la bataille de Cogny.

3. Le château, *duquel* il ne reste qu'un rempart, a été construit par Louis XI.

4. Le rapport à la préparation *duquel* vous avez collaboré a fait sensation.

5. Cette dame, le mari *de laquelle* est brésilien, parle un peu le portugais.

6. Cette dame, *de laquelle* le mari est brésilien, parle un peu le portugais.

7. Les ouvrières, la plupart *desquelles* sont étrangères, sont payées moins que les ouvriers français.

8. Ce palais, le jardin *duquel* a été dessiné par André Le Nôtre, appartenait au duc d'Orléans.

9. Ces antibiotiques, *desquels* l'efficacité est prouvée, viennent d'être mis sur le marché.

10. Ces antibiotiques, l'efficacité *desquels* est prouvée, viennent d'être mis sur le marché.

---

le petit-fils: the grandson
appartenir à: to belong to
le marché: the market

IV.   Donner la forme simple du pronom interrogatif:

1.   Nous n'arrivons pas à comprendre (about what) _____ ils se plaignent.

2.   A (whom) _____ doit-on envoyer sa cotisation?

3.   De (what) _____ as-tu peur?

4.   (Which one) _____ des filles de Louis XIV a épousé un Espagnol?

5.   (What) _____ as-tu remarqué d'anormal?

6.   De (whom) _____ est la "Symphonie fantastique"?

7.   Avec (what) _____ fabrique-t-on l'encre invisible?

8.   J'ignore (who) _____ elle est, (whom) _____ elle fréquente et chez

      (whom) _____ elle habite.

9.   (What) _____ a été décidé par le Syndicat d'initiative?

10. Savez-vous (what) _____ a été décidé par le Syndicat d'initiative?

11. A (whom) _____ est cette boîte de papier carbone?

12. De (what) _____ ont-ils envie comme cadeau?

13. Demandons-leur de (what) _____ ils ont envie comme cadeau.

14. On joue un film policier et un film de guerre; (to which) _____ préfères-tu

      aller?

15. Dites-nous (what) _____ est moins cher, le train ou l'avion.

16. Je me demande (of what) _____ tu as peur.

17. Il est difficile de dire (what) _____ ce tableau représente.

18. (What) _____ a eu lieu en 1492?

19. (Who) _____ est le propriétaire de ce château?

20. Dis-moi (what) _____ il faut que je fasse.

---

se plaindre: to complain   ignorer: not to know
la cotisation: the dues   le cadeau: the gift
l'encre (m.): the ink   le Syndicat d'initiative: the Chamber of Commerce

V. Récrire les phrases suivantes a.) en remplaçant la forme simple du pronom **possessif par sa** forme renforcée; b.) en les faisant précéder de la locution *je me demande*, afin d'en faire des interrogations indirectes:

Exemple: Que désirent-elles?

  a. Qu'est-ce qu'elles désirent?

  b. Je me demande ce qu'elles désirent.

1. Que faut-il faire?

  a. _____

  b. _____

2. Qu'en dira ta fiancée?

  a. _____

  b. _____

3. Qui est là?

  a. _____

  b. _____

4. Avec quoi comptez-vous me payer?

  a. _____

  b. _____

5. A qui peut-on faire confiance?

  a. _____

  b. _____

6. Que réclament-ils?

  a. _____

  b. _____

7. En quoi pouvons-nous te servir?

    a. _____

    b. _____

8. Qu'ai-je à perdre?

    a. _____

    b. _____

9. Qui vous a dit ça?

    a. _____

    b. _____

10. De quoi ris-tu?

    a. _____

    b. _____

VI. Traduire en français:

1. What I want to know is whom you (fam.) talked to, what they told you, and what you are afraid of. _____

_____

_____

2. An English general, whose name rhymes with "Washington" in French, won the battle of Waterloo, which took place in 1815. _____

_____

_____

_____

3. The university of which he is the president cannot do without its alumni, among whom there are several millionnaires. _____

_____

_____

_____

4. What! You don't know what you want? Then what do you want me to do? _____

_____

_____

_____

_____

to rhyme: *rimer*

an alumnus: *un ancien élève*

5. Tell me which of these jewels is the one you prefer. _____

_____

_____

6. What am I thinking about? I am thinking about what you (fam.) just said, and I am

wondering what decision to make. _____

_____

_____

7. You want to know what I intend to do? Demand the bonus I have a right to, of

course. _____

_____

_____

8. What I have against our union is that the dues are too high. _____

_____

_____

9. We do not know who she is, nor what she does, nor whom she knows, nor what she is

interested in. _____

_____

_____

to make a decision: *prendre une décision*
high (of cost): *élevé*

10. The country he comes from is a dictatorship whose president is a paranoiac; that's what

he told me, at least. _____

_____

_____

_____

_____

EXERCICES SUPPLÉMENTAIRES

1. Faire des phrases en employant les différentes formes du pronom relatif.
2. Faire des phrases en employant le pronom relatif après *entre* et *parmi*.
3. Faire des phrases en employant les différentes formes simples du pronom interrogatif.
4. Faire des phrases en employant les différentes formes renforcées du pronom interrogatif.

---

the dictatorship: *la dictature*
at least: *du moins*

DOUZIÈME LEÇON : P a r t i e B

I. Traduire les expressions entre parenthèses:

1. (What) _____ est ta date de naissance?

2. (What a) _____ dommage qu'il n'y ait plus de billets pour ce soir!

3. (What is) _____ un dynamomètre?

4. Sous Louis XIV, les Huguenots ont compris (what is) _____

    l'intolérance religieuse.

5. (What) _____ âge as-tu?

6. De (what) _____ race est ce chien?

7. (What kind of) _____ militaire est-ce? C'est un fantassin.

8. (As is) _____, votre manuscrit n'est pas publiable.

9. (Who) _____ est cette jeune femme? (What) _____ est son nom?

10. Comment peux-tu ignorer (what is) _____ un dynamomètre?

11. (What) _____ règles de grammaire sont expliquées dans la troisième

    leçon?

12. La cuisine anglaise, (what a) _____ catastrophe!

13. Inutile de retoucher ces photos, elles sont très bien (as is) _____.

14. Nous n'avons pas la moindre idée de (which) _____ documents sont

    indispensables.

15. Un dynamomètre? (What's that) _____?

---

la race (d'un animal): the breed

le fantassin: the infantryman

inutile: (it is) unnecessary

II.   Traduire les expressions entre parenthèses:

1.   Au Festival du Film Italien (they are showing) _____ des films de

Fellini; j'en ai déjà vu (several) _____ et j'ai l'intention de les voir

(all) _____.

2.   (All) _____ je demande, c'est que (someone) _____

_____ m'explique pourquoi les hommes se sont toujours massacrés

(one another) _____.

3.   (Everyone) _____ sait que (everything which) _____

_____ n'est pas défendu est permis.

4.   Connais-tu l'expression: "(Each one) _____ pour soi et Dieu pour (all)

_____"?

5.   De ces disques, (some) _____ sont stéréophoniques, (others) _____

_____ sont monophoniques, mais ce sont (all) _____ des

enregistrements parfaits.

6.   Je me méfie des gens qui savent (everything) _____.

7.   Les enfants, si vous êtes sages, le Père Noël vous apportera (something) _____

_____ à (each one) _____.

8.   Si vous aimez les estampes japonaises, venez chez moi; j'en ai (a few) _____

._____, et je vous les montrerai (all) _____.

9.   Est-ce que (anyone) _____ a (something) _____

_____ à dire? Ne parlez pas (all) _____ en même temps.

10. (We were shown) _____ (several) _____

écoles; elles étaient (all) _____ délabrées.

---

to show a film: *jouer (montrer) un film*   *sage*: well-behaved, good
***un enregistrement*: a recording**   *une estampe*: a print
se méfier de: to mistrust   *délabré*: dilapidated

III.   Récrire les phrases suivantes en utilisant le pronom indéfini *on*:

   1.   Quelqu'un t'a téléphoné: _____

   2.   Personne ne sait où le poète Villon est mort. _____

   _____

   3.   Quand une personne est malade, elle doit rester au lit. _____

   _____

   4.   Nous nous méfions de toi. _____

   5.   Alors, tu ne dis plus bonjour? _____

   _____

   6.   Ici, le français est parlé. _____

   7.   Nous, nous en allons. _____

   8.   Y allons-nous, ou attendons nous encore? _____

   _____

   9.   Est-il possible de voir vos estampes japonaises? _____

   _____

   10.   Je fais ce que je peux. _____

---

s'en aller: to go away
y aller: to get going; to go ahead

IV. Traduire en français:

1. What is toxicology? Does anyone know? _____

    _____

2. I am looking for a discothèque; I was told there are several in this city. _____

    _____

    _____

3. Something tells me that someone else already warned them. _____

    _____

    _____

4. Whom did they choose for this mission? Secret agent 007? What a strange idea! ____

    _____

5. Each one of you must remember that we are all in danger. _____

    _____

    _____

6. If they sell newspapers in this bookstore, please buy me a few. _____

    _____

    _____

7. They are showing an old French film: "We Are All Murderers." _____

    _____

    _____

---

to warn: *prévenir*

the bookstore: *la librairie*

a murderer: *un assassin*

8. I will do anything you (fam.) want; all I want is for you to be happy. _____

_____

_____

9. You will receive one hundred francs each, with all our thanks. _____

_____

_____

10. No one knows what his opinions are, but everyone knows who his friends are. _____

_____

_____

_____

11. I am often asked what structuralism is; I could give several answers. _____

_____

_____

_____

12. Everything bores her, nothing interests her, I don't know what the matter with her

is. _____

_____

13. Everyone knows that all that glitters is not necessarily gold. _____

_____

_____

---

my thanks: *mes remerciements*
to bore: *ennuyer*
what's the matter with you?: *qu'est-ce que tu as?*
to glitter: *briller*
gold: *l'or (m.)*

14. Should one leave one's husband when one is in love with someone else? _____

_____

_____

15. The Gospels say: "Love one another," and I would add: "Speak to each other." _____

_____

_____

_____

EXERCICES SUPPLÉMENTAIRES

1. Faire des phrases en employant les différentes formes de l'adjectif interrogatif.
2. Faire des phrases en employant l'expression *qu'est-ce que c'est que.*
3. Faire des phrases en employant l'expression *tel quel.*
4. Faire des phrases en employant les principaux pronoms indéfinis.
5. Faire des phrases pour illustrer les différents emplois de *on.*

---

the Gospels: *l'Évangile ou les Évangiles*
to add: *ajouter*

TREIZIÈME LEÇON : P a r t i e A

I.   Donner les adverbes formés à partir des adjectifs suivants:

1.   absolu _____   19.   différent _____

2.   abstrait _____   20.   doux _____

3.   admirable _____   21.   effectif _____

4.   affreux _____   22.   entier _____

5.   amical _____   23.   évident _____

6.   ancien _____   24.   extérieur _____

7.   apparent _____   25.   faux _____

8.   brilliant _____   26.   frais _____

9.   carré _____   27.   formidable _____

10.   certain _____   28.   fou _____

11.   clair _____   29.   franc _____

12.   comparatif _____   30.   fréquent _____

13.   confidentiel _____   31.   heureux _____

14.   constant _____   32.   intelligent _____

15.   courageux _____   33.   intime _____

16.   décidé _____   34.   long _____

17.   définitif _____   35.   matériel _____

18.   deuxième _____   36.   monstrueux _____

---

affreux: frightful
carré: square

37. naïf _____

38. obscur_____

39. ordinaire _____

40. ouvert_____

41. particulier _____

42. patient _____

43. plein_____

44. premier _____

45. **profond** _____

46. religieux _____

47. résolu _____

48. sincère _____

49. suffisant _____

50. vrai _____

II. Traduire les expressions entre parenthèses:

1. Du pétrole? Il y en a (little) _____ en France, et (still less) _____

   _____ en Belgique.

2. Dérangez-le (the least often) _____ possible; c'est un

   homme (extremely) _____ occupé.

3. L'administration a (officially) _____ annoncé que les

   salaires seraient bloqués (immediately) _____; mais (what is

   worse): _____ un certain nombre d'employés seront (soon)

   _____ renvoyés.

4. Le Texas est à peu près (as) _____ grand que la France, mais il n'est pas

   (as) _____ peuplé.

5. (Hardly) _____ minuit avait-il sonné que la porte grinça (mysteriously)

   _____; j'étais (practically) _____

   paralysé de terreur.

6. Le gouvernement a (so well) _____ manœuvré qu'il aura (surely) _____

   _____ une (very) _____ solide majorité après les élections.

7. On a (so much) _____ construit à Paris, et dans un style (so) _____

   banal, que la ville est en train de perdre (a lot of) _____ son

   charme d'autrefois.

8. Voler, c'est (bad) _____, mais tuer, c'est (still worse) _____.

---

déranger: to disturb
bloquer (les salaires): to freeze wages
renvoyer: to fire, to discharge
à peu près: about

grincer: to creak
d'autrefois: formerly, in the past
voler: to steal

9. Si l'équipe de France avait eu (as much) _____ discipline, et surtout

(as many) _____ bons joueurs que l'équipe de Roumanie, elle aurait

(probably) _____ gagné la Coupe du Monde.

10. Depuis qu'on on a mécanisé l'agriculture, les fruits sont (more and more) _____

_____ grands; par contre, ils ont (less and less) _____

_____ de goût.

11. (First) _____ les Espagnols ont débarqué aux Antilles; (then) _____

_____, ils ont conquis le Mexique, (finally) _____ ils se sont

rendu maîtres de l'Amérique du Sud.

12. Les principaux régimes politiques de la France au XIXe siècle sont (firstly) _____

_____ l'Empire, (secondly) _____ la Restauration,

(thirdly) _____ la Monarchie de juillet, (forthly) _____

_____ le Second Empire et (fifthly) _____

la Troisième république.

13. C'est un pays (where) _____ tout va (from bad to worse) _____

depuis quelque temps; (sooner or later) _____ il y aura une

révolution, comme il y en a eu (elsewhere) _____.

14. Peut-on (really) _____ être fier d'une société (in which) _____

_____ les femmes sont (less well) _____ payées que les

hommes pour le même travail?

15. Peut-être (you will understand better) _____ si je

parle (slowly and distinctly) _____.

---

de goût: tasty, flavorful
rendre: to make
fier: proud

III.   Traduire les expressions entre parenthèses:

1.   En France le téléphone marche (nearly as) __ _____ mal qu'au

Paraguay.

2.   (How) _____ vous êtes gentille d'être venue!

3.   Il a (so much) _____ voyagé qu'il connaît (most) _____

pays du monde.

4.   Il faisait (so) _____ noir que j'ai (hardly) _____ reconnu ma rue.

5.   Après (some) _____ trois heures d'attente, on a annoncé le départ.

6.   Vous pouvez avoir confiance en lui: il est (most) _____ consciencieux.

7.   Le Prix Goncourt est (the most) _____ prestigieux des prix littéraires.

8.   Et dire que j'ai (so much) _____ aimé un homme (so) _____

bête!

9.   Nous avons (enough) _____ mangé; je dirai (even) _____ que nous

avons (much too much) _____ mangé.

10. La Finlande a (fewer) _____ fleuves que la Suède, mais elle a (as

many) _____ lacs.

11. Dans le Sahara on rencontre (few) _____ voitures et (even fewer) _____

_____ motocyclettes.

12. Il n'y a rien de (worse) _____ que la fausse modestie.

13. Talleyrand avait (too much) _____ scepticisme ou (not enough) _____

_____ naïveté pour admirer les militaires.

---

marcher: to function, to work
une attente: a wait

14. (How) _____ il comprend (fast) _____ lorsqu'on lui explique (a

long time) _____!

15. J'ai vu (very many) _____ films dans ma vie et j'en ai (very

much) _____ aimé quelques uns.

IV. Traduire en français:

1. I'm not saying he wrote well and I'm not saying he wrote badly; I'm saying he wrote a

   lot: that's more or less all I know about Balzac. _____

   _____

   _____

   _____

   _____

2. After some twenty or twenty-five kilometers, most of the soldiers refused to go any

   further. _____

   _____

   _____

3. Most of the time, those who are truly sure of themselves are precisely those who brag

   the least. _____

   _____

   _____

4. I looked here, I looked there, I looked under the bed and behind the couch, I looked

   everywhere; why didn't you (fam.) tell me right away where you put my

   cufflinks? _____

   _____

   _____

   _____

   _____

to brag: *se vanter*
the couch: *le divan*
the cufflink: *le bouton de manchette*

5. Frankly, we have never understood why you drove so fast. _____

_____

_____

6. It is hardly likely that after so many years in business he hasn't put aside a little

money. _____

_____

_____

7. Perhaps they don't know that athletes are not necessarily in better health than

intellectuals. _____

_____

_____

8. Argentina has a little more than one hundred modern planes; Uruguay has almost as

many. _____

_____

_____

9. At least Mr. Tanaka should explain to us why Japanese psychiatrists are almost always

as incompetent as ours. _____

_____

_____

10. Don't bother to go elsewhere: nowhere will you find better products than at

Pierrot's. _____

_____

_____

---

likely: *probable, vraisemblable*   don't bother: *pas la peine*
to put aside: *mettre de côté*   the product: *le produit*
the psychiatrist: *le psychiatre*

EXERCICES SUPPLÉMENTAIRES

1. Faire des phrases en employant le comparatif et le superlatif des adverbes *beaucoup,*
   mal, bien et *peu.*

2. Faire des phrases en employant les adverbes *peut-être, du moins*, et *à peine* au début,
   puis au milieu de la phrase.

TREIZIÈME LEÇON : P a r t i e B

I.   Mettre les phrases suivantes au négatif:

1.   Pensons-y. _____

2.   Elle a hésité devant la dépense. _____

_____

3.   Êtes-vous fatiguée? _____

4.   Passez-les leur. _____

5.   Nous serons reçus par le ministre. _____

_____

6.   Buvez-en. _____

7.   Avait-elle compris? _____

8.   Mettez-le sur ma note. _____

9.   Vous êtes fou? _____

10. Prête-moi ta plume. _____

11. A-t-il faim? _____

12. Nous vous y avons vues. _____

13. Avaient-ils signé le contrat? _____

_____

---

la dépense: the expense
la note: the bill, the account

14. L'Amérique a été explorée par les Bulgares. _____

    _____

15. Entrer sans frapper. _____

16. Me marier: voilà mon ambition. _____

    _____

NOM DE L'ÉLÈVE _____ PROFESSEUR _____

II. Traduire en français, en employant *ne . . . que*:

1. Misers think only of money. _____

   _____

2. Only a miser thinks of nothing but money. _____

   _____

3. I only believe what I see. _____

4. I only have a few pages left to read. _____

   _____

5. She only wants your (fam.) happiness. _____

   _____

6. There are but two possible solutions. _____

   _____

7. If you (fam.) love only me, why do you only go out with him? _____

   _____

8. He is only a lieutenant, but he takes himself for a general. _____

   _____

9. He could only walk with a cane. _____

   _____

10. One often thinks of nothing but oneself. _____

    _____

---

a miser: *un avare*
the cane: *la canne*

III. Traduire en français:

1. Neither oranges nor bananas will ever grow in the north of Sweden. _____

_____

_____

2. We are afraid of nothing or no one. _____

_____

3. — "Who wants some more?" — "Not us. We don't want any more." _____

_____

4. I looked everywhere, but I didn't find anything anywhere. _____

_____

5. Since her divorce, she no longer cooks, she never gets up before noon, and she swears

that she will never remarry. _____

_____

_____

_____

6. No form of censorship can be tolerated. _____

_____

---

to grow: *pousser*
everywhere: *partout*
anywhere: *nulle part*
to cook: *faire la cuisine*
to swear: *jurer*
censorship: *la censure*

7. Neither France nor England was able either to prevent or to delay the process of decolonization. _____

_____

_____

8. I was asked not to speak to you about it. _____

_____

9. None of the French translations of *Hamlet* is satisfactory. _____

_____

_____

10. That no one voted for me is not impossible, but is hardly probable. _____

_____

_____

11. – "If you (fam.) have nothing to do, don't you want to help me?" – "Not now, I don't feel like working." _____

_____

_____

12. Up to now, I never said anything, but if I ever see you smoking again, I will no longer keep silent. _____

_____

_____

---

to prevent: *empêcher*
to delay: *retarder*
the process: *le processus*
the translation: *la traduction*
to keep silent: *se taire*

13. There is hardly anyone but the Bretons who speak Celtic anymore. _____

_____

_____

14. We never understood neither why he left nor why he came back. _____

_____

_____

15. — "Do you still have a headache?" — "Not any more." _____

_____

EXERCICES SUPPLÉMENTAIRES

1. Faire des phrases en employant les négatifs adverbiaux *ne . . . pas, ne . . . guère, ne . . . plus*, et *ne . . . jamais.*

2. Faire des phrases en employant les conjonctions négatives *ni*, et *ne . . . que.*

3. Faire des phrases en employant les pronoms négatifs *rien* et *personne.*

4. Faire des phrases en employant les adjectifs négatifs *aucun* et *nul.*

5. Faire des phrases en employant le *ne* explétif sur le modèle des exemples donnés au numéro 49, p. 164 de *L'Essentiel.*

Celtic: *le celte* or *le celtique*
the headache: *la migraine*

QUATORZIÈME LEÇON : Partie A

I. Donner la préposition qui s'impose:

1. Les temples aztèques ont été détruits _____ les Espagnols _____ XVIe siècle.

2. Approchez, Mesdames et Messieurs! Venez admirer la femme _____ barbe, l'homme _____ tête de chien et la vache _____ trois cornes!

3. _____ gagner quelques francs de plus, l'industrie _____ pétrole est prête à polluer les plages _____ la Mer _____ Nord.

4. Je mets toujours mon carnet _____ chèques _____ la poche _____ mon veston.

5. Je vous prenais _____ quelqu'un _____ honnête, mais je vois que je me trompais.

6. _____ toute lecture les moines ont la Bible.

7. Nous arrivons _____ Angleterre: nous avons quitté _____ New York _____ midi et nous avons traversé l'Atlantique _____ sept heures.

8. Les prisonniers _____ guerre ont réussi à s'échapper en passant _____ un tunnel.

9. _____ quelques jours nous rentrerons enfin _____ nous.

---

la corne: the horn
la plage: the beach
le veston: the jacket
se tromper: to be mistaken
le moine: the monk
s'échapper: to escape

10. Une montre _____ or! Voilà tout ce qu'on m'a donné _____ un demi-siècle de service!

11. _____ Afrique, il fait trop chaud _____ juillet; allons-y plutôt _____ l'automne.

12. Connais-tu une chanson _____ marche qui s'appelle "En passant _____ la Lorraine"?

13. _____ Algérie, les musulmans ont commencé _____ réclamer l'égalité avec les Français, et ils ont fini _____ obtenir l'indépendance complète.

14. En regardant _____ le trou de la serrure, j'ai vu le général prendre des documents _____ le coffre-fort et les lire _____ un air inquiet.

15. De préférence, on parle _____ voix basse _____ les hôpitaux.

16. On m'a proposé de partir _____ Colombie, passer deux mois _____ les indiens Putumayos _____ étudier leurs structures matrimoniales.

17. Pour aller _____ Tombouctou _____ Oran, j'ai voyagé _____ pied, _____ voiture et _____ dos de chameau . . . franchement, j'aurais préféré aller _____ train ou _____ avion.

18. Ce qui est inquiétant _____ lui, c'est son ambition.

19. Il a mis les photos _____ une enveloppe, et les a envoyées _____ une revue _____ modes.

20. Le dimanche, _____ mon village, les femmes vont _____ l'église et les hommes les attendent _____ café.

---

le musulman: the Moslem
le trou de la serrure: the keyhole
le coffre-fort: the safe
le dos: the back
le chameau: the camel
la revue: the magazine
la mode: the fashion

21. Au carnaval _____ Rio, les enfants mettent des nez _____ carton et des

    chapeaux _____ papier.

22. _____ qui sont les deux manuscrits _____ Stendhal qui vont être vendus

    aux enchères?

23. Il fait peut-être trop chaud _____ manger _____ soleil; mettons-nous

    plutôt _____ l'ombre.

24. Mon cher Yamamoto, _____ Japon on boit du saké, n'est-ce pas?

25. Grâce à la Croix-rouge, toute la population a été vaccinée _____ quelques jours.

26. Une jeune femme me dévisageait _____ insistance, _____ un air moqueur **qui**

    avait quelque chose _____ provoquant.

27. On peut mourir _____ maladie ou _____ vieillesse, mais personne n'est

    jamais mort _____ amour.

28. Je voudrais bien manger quelque chose _____ chaud, mais s'il n'y a rien _____

    ___ prêt, je prendrai un sandwich _____ fromage.

29. Si tu veux que le travail soit bien fait, adresse-toi à quelqu'un _____ compétent.

30. Derrière le rideau _____ fer, les officiers _____ cavalerie mettent leur

    uniforme _____ gala _____ sortir en ville.

---

le carton: the cardboard
une enchère: a bid; *vendre aux enchères*: to sell at
   or by auction
l'ombre (f.): the shade
dévisager: to stare into someone's face
la vieillesse: (the) old age
le rideau: the curtain
le fer: (the) iron

NOM DE L'ÉLÈVE _____ PROFESSEUR _____

II.   Traduire en français:

1.   Two months from now, I shall have enough money to buy my mother-in-law a ticket

to northern Afghanistan. _____

_____

_____

2.   In what year were you born, and in which city? _____

_____

3.   This way, ladies and gentlemen, you will now see "The Man with the Golden Helmet"

by Franz Hals . . . I mean by Rembrandt. _____

_____

_____

_____

4.   If I tell you (fam.) what I think of your poem, will you be mad? _____

_____

_____

5.   One doesn't wear tennis shoes with an evening dress. _____

_____

_____

6.   What am I thinking about? I'm thinking about the price of steak, that's what I'm

thinking about. _____

_____

---

the mother-in-law: *la belle-mere*
the helmet: *le casque*
mad: *vexé, fâché*
the steak: *le bifteck*

7. In our country, censorship shut down three newspapers in two years; six months from now, the government will control the press. _____

_____

_____

_____

8. The man with the black beard took the girl with the blue eyes in his arms and said to her in a low voice:" Well, what do you know, you like champagne! I'll think of it the next time you come to my place." _____

_____

_____

_____

9. Stalin got it into his head that the Kremlin doctors were traitors. _____

_____

_____

10. Go get me something interesting to read, and make it snappy! _____

_____

_____

11. He was arrested by the police for throwing his wife's Pekinese out the window. _____

_____

_____

the censorship: *la censure*
to shut down: *fermer*
the traitor: *le traître*
to arrest: *arrêter*
to throw: *jeter*
the Pekinese: *le pékinois*

12. Several Matisse paintings were given to the Louvre Museum by Picasso's heirs. _____

_____

_____

_____

13. We met three times: once in Rio, at the French Ambassador's; then in Italy, in a street

of Naples; and finally at the San Francisco opera. _____

_____

_____

_____

_____

14. If he screams "Help!", perhaps he is in danger . . . what do you think? _____

_____

_____

15. Five years from now, it will be possible to cross the Atlantic in three hours. _____

_____

_____

16. The lieutenant cried: "Forward!" in such a courageous voice that the soldiers

applauded with admiration . . . but they didn't leave the trenches. _____

_____

_____

_____

_____

---

the heir: *l'héritier*
to scream: *crier*
the trench: *la tranchée*

17. I am going to show you something funny: it's a quotation from Victor Hugo that I

found in *The Legend of Centuries*. _____

_____

_____

_____

18. The travel agency assures us that we can leave from Athens by plane. _____

_____

_____

19. In the time of Ivan the Terrible, when lunch was not ready in time, the cook was put

in prison. _____

_____

_____

20. Among the Russians, vodka is drunk in the winter as in the summer. _____

_____

_____

EXERCICES SUPPLÉMENTAIRES

Faire des phrases pour illustrer les différents usages des prépositions *à, chez, dans, de, en, par* et *pour*.

funny: *drôle*
the quotation: *la citation*
the century: *le siècle*
an agency: *une agence (un bureau)*

QUATORZIÈME LEÇON : P a r t i e B

I. Écrire en toutes lettres les nombres cardinaux suivants:

1. 80 _____

2. 500 _____

3. 43 _____

4. 88 _____

5. 101 _____

6. 217 _____

7. 6000 _____

8. 5374 _____

9. 31 _____

10. 90 _____

11. 91 _____

12. 70 _____

13. 81 _____

14. 78 _____

15. 66 _____

II.   Ecrire en toutes lettres les nombres ordinaux suivants:

1. 17^e _____

2. 8^e _____

3. 31^e _____

4. 400^e _____

5. 61^e _____

6. 6^e _____

7. 1505^e _____

8. 1er _____

9. 84^e _____

10. 97^e _____

11. 1000^e _____

12. 14^e _____

13. 80^e _____

14. 71^e _____

15. 55^e _____

III.   Lire les fractions suivantes (oral):

3/8	122/306	1/2	$92\frac{1}{3}$
41/1000	3/4	$8\frac{1}{2}$	7/100
1/4	15/21	54/81	2/3
7/16	77/99	1/3	$71\frac{1}{4}$

IV.   Lire les operations suivantes (oral):

$7 + 2 = 9$	$7 - 4 = 3$	$8 \times 6 = 48$	$99 \div 11 = 9$
$12 + 17 = 29$	$17 - 12 = 5$	$2 \times 30 = 60$	$88 \div 6 = 14\frac{2}{3}$
$83 + 76 = 159$	$87 - 78 = 9$	$7 \times 87 = 609$	$304 \div 16 = 19$
$97 + 73 = 170$	$96 - 81 = 15$	$8 \times 84 = 672$	$888 \div 8 = 111$
$105 + 312 = 417$	$216 - 122 = 94$	$1 \times 301 = 301$	$1 \div 8 = \frac{1}{8}$
$1008 + 2029 = 3037$	$7225 - 1879 = 5346$	$2 \times 1972 = 3944$	$770 \div 5 = 154$

V.   Comment dirait-on dans la langue de tous les jours (oral)?:

23 heures 15	22 heures 15
12 heures 07	8 heures 40
19 heures 45	21 heures 59
3 heures 23	15 heures 53
0 heures 12	13 heures 44
17 heures 36	20 heures 02

NOM DE L'ÉLÈVE _____ PROFESSEUR_____

VI.   Traduire en français:

1.   There were two World Wars: the first, from nineteen fourteen to nineteen eighteen,

and the second from nineteen thirty-nine to nineteen forty-five. _____

_____

_____

_____

_____

_____

2.   In about ten days, it will be the two hundred thirty-second anniversary of the battle of

Bures-sur-Yvette. _____

_____

_____

_____

3.   In three days, at midnight, I'll whistle *Three Blind Mice* under your window; come

down and wait for me under the second lamppost on Forty-second Street. _____

_____

_____

_____

_____

---

to whistle: *siffler*
blind: *aveugle*
the mouse: *la souris*
the lamppost: *le bec de gaz*

4. The consul's wife spent nearly half her life in Asia. _____

   _____

   _____

5. Francis the First of France met Henry the Eighth of England at Boulogne. _____

   _____

   _____

6. About twenty members of the Chinese delegation will arrive in about two weeks. ____

   _____

   _____

   _____

7. Last year Italy won; this year Mexico won; France hasn't won for about fifteen

   years. _____

   _____

   _____

   _____

8. The marriage was celebrated on June the first, sixteen ninety-seven, and annulled on

   August the second, seventeen hundred and four. _____

   _____

   _____

   _____

9. The nineteenth century was the century of colonization, the twentieth that of

   emancipation. _____

   _____

   _____

Chinese: *chinois*

10. I'll come fetch you tomorrow evening at seven; we'll spend the whole evening

together. _____

_____

_____

_____

to come fetch: *venir chercher*